叢書・ウニベルシタス　1068

カフカ

マイナー文学のために

〈新訳〉

ジル・ドゥルーズ／フェリックス・ガタリ
宇野邦一 訳

法政大学出版局

目次

カフカ——マイナー文学のために

凡例

一、原文のイタリックは傍点で強調し、書名は『　』で示した。大文字は〈　〉で示し、短編作品名は「　」で示す。書名と作品名は『決定版カフカ全集』に準じたが、変更したものもある。番号付きのイタリックによる見出しはゴシックで示した。

二、原文の〝　〟は「　」とし、［　］は訳文でも［　］とした。

三、原注は番号を（　）で囲み、本文の傍注とし、訳注は番号に＊を付け、巻末にまとめて掲載した。

四、訳文中や原注内の〔　〕は訳者が読者の便宜を考慮して補った部分である。

五、原著者は、カフカをはじめ、引用のほとんど仏訳のみを参照し、抜粋しているものもある。本訳書では、できるかぎり原著者の意図に忠実であろうとして、引用も原著者によるものに合わせて訳した。そのため、引用は既訳があるものは参照するが、私訳によった場合が多い。カフカの原文との異同など、特記すべきものは訳注に記した。

六、カフカからの引用は、『決定版カフカ全集』（新潮社）を主に参照したが、これも私訳によった場合が多い。〔　〕内に邦題や頁数などを記し、邦訳書誌は初出時に記して以降は簡略化した。日記や手紙で、邦訳から日付が分かるものは、追記した。

七、宇波彰／岩田行一による本書の旧訳（法政大学出版局、一九七八年）、英訳版、独訳版はその訳注も含めて参考にした。

八、目次には各章に、内容を表す見出しが付いているが、これは原書でも目次だけにあるものである。また、第3章のタイトルは「マイナー文学」となっているが、本文中の第3章では「マイナー文学とは何か」となっており一致していない。単なる誤記と思われるが、原書の表記にしたがった。

第1章　内容と表現

カフカの作品のなかには、どのように入っていけばいいのだろうか。それはリゾーム[*1]であり、巣穴なのである。『城』には多数の「入口」があり、その用途や配置はよくわからない。『アメリカ』のホテルには数限りない扉、主要な扉、補助的な扉があり、そのいたるところを門番が見張っており、さらには扉のない入口や出口さえもある。だが「巣穴」[*2]という名のついた短編では、巣穴には入口がひとつしかないようだ。そのなかにいる動物は、なんとか二つめの入口がつくれないかと可能性をさぐるのだが、それは監視の機能をもつにすぎない。しかしこの動物にとって、カフカ自身にとって、それは罠になりかねないのだ。巣穴の描写はすべて敵を欺くためのものである。したがって、どこから入ってもいいわけで、どれかがとりたてて便利というわけではなく、長所をもつわけでもなく、むしろあるものはほとんど袋小路、狭い坑道や管みたいなものである。私たちはただ探ってみるしかない。自分の選んだ入口が、他のどの箇所とつながっているか、どの交叉点やトンネルを通じて二点がつながっているのか、リゾームの地図はどうなっているか、別の個所から入るときには、どんなふうにして、その地図がたちまち別のものと化してしまうのか。多数の入口があるという原則は、それだけで敵の侵入を、〈シニフィアン〉を防ぎ、一つの作品を解釈しようとする試みを妨げることになる。このような作品が提案しているのは、まさに実験にほかならない。

〈城〉の入口になっている旅館の広間にあるつつましい入口を例にとってみよう。Kはそこに、あごを胸にうずめて頭をうなだれた門番の肖像を見出す。肖像あるいは写真、落ち込み、うなだれた頭、というこの二つの要素は、その自律性の度合に違いはあるとはいえ、カフカの作品に頻繁にあらわれる。『アメリカ』における両親の写真。「変身」における毛皮を着た女性の肖像（この作品では、作中の母が頭をうなだれ、父は門番の制服を着ている）。『審判』[*3]においてはビュルストナー嬢の部屋からティトレリのアトリエにいたるまで、写真と肖像がどんどん増殖していく。どうにも上がらないうなだれた頭は、書簡、手帳、日記、数々の短編小説、さらには『審判』にも頻繁に登場する。『審判』の判事たちは天井の下で背中をかがめている、補佐たちの一部、処刑人、神父も……。したがって私たちの選ぶ入口は、望みどおりに、来たるべき他の何かにつながっているだけではない。入口それ自体が、相対的に独立した二つの形式の結合によってできている。つまり「うなだれた頭」という内容の形式、[*4]「肖像‐写真」という表現の形式があって、『城』の冒頭ではこの二つが結びついているのだ。私たちは解釈しているのではない。単にこのような結びつきが機能的な阻害作用をもたらし、実験的欲望を無力化すると言っているだけだ。つまり触れることも撫でることもならず、禁じられた額縁入りの写真は、眺めて楽しむだけで、屋根や天井の下におさえこまれた欲望、もはや自分自身の服従を楽しむだけの、服従させられた欲望のようなものである。それはまた服従を強い、服従を拡張する欲望であり、審判をくだし処罰する欲望でもある（「判決」においで、息子が跪かなければならないほど頭を深くうなだれる父）。オイディプス的な子供時代の記憶なのか。記憶とは、頭をうなだれた紳士、首にリボンをまいた淑女の姿を含む家族の肖像または休暇の記念写真なのだ。[(1)]記憶は欲望を封鎖し、その写しをとり、それをもろもろの地層に折り畳み、あらゆる連結から欲望を切断する。そうなれば、私たちはいったい何を希望できるだろうか。もはや袋小路があるだけだ。それでもなお言えることは、たとえ袋小路であっても、それがリゾームの部分をなしうるならば、まだ良いほうだということである。

（1）女性の首は、何かで覆われていても剝き出しであっても、男性のうなだれ、あるいはもたげた頭と同じく重要である。「黒いヴィロードをまいた襟」、「絹のレースの飾り襟」、「細やかな白いレースの襟」、等々。

もたげた頭、屋根や天井を突き破る頭が、うなだれた頭に応答するようである。カフカの作品にはいつもそんな頭がみつかる。(2) そして『城』のなかでは、門番の肖像に対して、故郷の鐘楼の思い出が応答し、この思い出は「ためらうことなくまっすぐに立ち昇り、上方で甦る」[*5]（城の塔さえも、欲望機械としては悲しみの様態にあって、村のある住民の動きを想起させるのだが、彼は屋根を突き破って立ち上がったらしいのだ）。それにしても故郷の鐘楼のイメージは、やはり記憶に属するのではないか。しかし実はこのイメージは、もはやそんなふうに作用しないのだ。それは子供時代の記憶ではなく、子供時代のブロックとして作用し[*6]、欲望を折り畳むのではなく直立させ、時間において移動させ、欲望を脱領土化し、その連結を増殖させ、別の強度のなかに導くのだ（こうしてブロックとしての塔－鐘楼は、別の二つのシーンに出現する。ひとつは教師と子供たちのシーンで、彼らは何を言っているのかわからない。もうひとつは場違いな、直立した、あるいは倒立した家族のシーンで、そこでは大人たちが盥の湯につかっている）。しかし重要なのはそのことではなく、ささやかな音楽のほうである。あるいはむしろ鐘楼から、城の塔から聞こえてくる強度の純粋な音である。「一瞬、魂を震わせる翼の生えた音、喜ばしい音。というのもそれには悲痛な雰囲気もあって、心中でひそかに願っていたことが実現するかもしれないとあなたはおびえていたとも言えたであろう。それから大鐘の音はやがて静まり、かすかに単調に響く小さな鐘がそれに続いた[*7]……」。カフカにおいて音が介入するとき、それはしばしば頭をもたげ、直立させる運動と結びついていることは、じつに興味深いことである。鼠のヨゼフィーネ、若い音楽犬（「彼らの足の上げ方、置き方、ある種の頭の動き……後足で立ち上がって歩き……すばやく起き上がる……こういったことはみんな音楽的であった」）。[*8] 特に「変身」には、欲望の二つの状態の区別があらわれている。まずグレゴールが毛皮を着た女性の肖像にしがみつき、頭をドアのほうにかがめ、一家が片づけている最中の自分の部屋に何か残そうとして絶望的な努力をしているとき、もうひとつは、ヴァイオリンの揺らめく音に誘われ、その部屋を出て、自分の妹の剝き出しの首にはいあがろうとするときである（妹は社会的立場を失ってから、もう襟もリボンもつけていない）。母性的な写真の上に表れている、まだオイディプス的、可塑的な近親相姦と、かたや妹と、奇妙にも彼女から響き出るささやかな音楽とともにあるスキゾ的近親相姦の違いだろうか。音楽はいつも〈子供になること〉、あるいは分解不可能な〈動物になること〉、視覚的な記憶と対立する音響的ブロックにとらえられるようである。「暗くしてください。明るいなかでは演奏できません。私は姿勢を正してそう言っ

（2）子供時代の友人オスカー・ポラックにあてた手紙にはすでにこう書いている。「大いに恥じたその人は腰掛から立ち上がり、ごつごつした頭でまっすぐに天井を突き破り、別に望んだわけでもないが、あたりの藁ぶき屋根を眺めるしかなかった」。また一九一三年の日記（*Journal*, Grasset, p. 280）には「首につけた縄に引かれ、家の一階の窓を通って……」とある。〔一九一三年七月二一日。『決定版カフカ全集7　日記』谷口茂訳、新潮社、一九八一年、二二三―二二四頁〕

$\dfrac{\text{うなだれた頭}}{\text{肖像－写真}}$ ＝ 阻止され、服従させられ、服従させ、無力化され、最小の連結しかもたない欲望、子供時代の記憶、領土性あるいは再領土化。

$\dfrac{\text{もたげた頭}}{\text{音楽的な音}}$ ＝ 直立し、あるいは逃走し、新たな連結に開かれる欲望、子供時代のブロックまたは動物的ブロック、脱領土化。

た」[3]。ここには二つの新たな形態があると思える。つまり内容の形式としての直立した頭、表現の形式としての音楽的な音である。上のような定式を書くべきだろうか。

　これではまだ正確ではない。カフカを引きつけるのは組織された音楽ではなく、音楽的形式ではないのだ（書簡や日記のなかには、何人かの音楽家についての些細な話しか書いてない）。カフカを引きつけるのは作曲され、記号として形成された音楽ではなく、純粋な音の素材なのである。音が介入する主な場面を調べてみるなら、浮かび上がってくるのは、「ある戦いの記録」におけるジョン・ケージ風のコンサートであり、そのなかでは（1）信心家は幸福な気分になってピアノを弾きたがっている。（2）しかしピアノが弾けない。（3）全然弾かない（「二人の紳士が長椅子をもちあげ、口笛で短い節を鳴らし、リズムに合わせて私を揺さぶりながら部屋の片隅に連れて行った」[*9]）（4）実に上手に弾いたというわけで拍手をうける。「ある犬の研究」において、「音楽犬」たちは大変な騒音を発するが、どうやってそんな音を出せるのかわからない。というのも犬たちは話すことも歌うこともできず、ただ無の音楽を奏でるだけなのだ。「プリマ・ドンナ・ヨゼフィーネ、あるいは二十日鼠族」で、ヨゼフィーネは歌うことができずに、ただピーピー鳴くだけ、他の鼠よりうまいわけでもなく、むしろ下手なのだが、彼女のありえない芸の秘密は、さらに深まるばかりなのだ。『アメリカ』において、カール・ロスマンの演奏は、早すぎるか遅すぎるかで、とるにたらないものだが、「自分のなかに別の歌[*10]がわきあがってくる」のを感じている。「変身」において、まず音は、グレゴールの声をまきこむ高い音として介入し、言葉の響きをかき乱すのである。そして妹はいっぱしの音楽家なのだが、間借り人の気配が気がかりで、ヴァイオリンをピーピー鳴らせるだけなのだ。

　こうした例によって十分にわかることは、内容として、もたげた頭がうなだれた頭に対立するようには、表現として、音は、肖像に対立するのではないということである。二つの内容のあいだには、それらを抽象的に考察するならば、確かに単純な形式的対立、二項からなる関係、構造的あるいは語義的な特性があって、このせいで私たちは「シニフィアン」に閉じ込められ、これらはリゾームではなく二項対立を形成するのだ。しかし確かに肖像のほうが「うなだれた頭」という内容の形式に対応する一つの表現であるとしても、音についてはもはや同じことはいえない。カフカの

（3）「ある戦いの記録」。（「ある戦いの記録」の最初のパートでは、うなだれた頭と直立した頭の二つの運動が常に展開され、後者は音にかかわる）。〔前田敬作訳、『決定版カフカ全集2　ある戦いの記録、シナの長城』、新潮社、一九八一年、四一頁〕

興味を引くのは、強度の純粋な音という物質であり、これはいつも自分自身の消滅とかかわってい
る。つまりそれは脱領土化された楽音であり、意味作用、構成、歌、言葉などを逃れる叫びであ
り、まだあまりにも有意的でありすぎる連鎖から離脱しようとして断絶する音響なのだ。音におい
て重要なことは、おおむね単調で、いつも非有意的な強度なのである。たとえば『審判』において、
鞭で打たれる監視人の叫びは単調で、拷問される機械から発するもののよう
だった」[4]。形式が存在するかぎり、音楽においてもやはり再領土化が存在する。ヨゼフィーネの芸
術は反対に、他の鼠より上手に歌えず、ピーピー鳴くのがむしろ下手でも、おそらく「かたどおり
のピーピー鳴き」を脱領土化して、「ありきたりの生活の連鎖」から解放しているところに成立す
るのだ。要するにここで音は表現形式ではなく、表現の、形成されていない素材として出現し、他
の諸項に対して反作用することになるのである。まず音はもろもろの内容を表現することに役立つ
のだが、こうした内容は相対的に、形式化されることがますますなくなるということがはっきりし
てくる。したがって、もたげた頭はそれ自体で形式的に価値をもつことをやめ、もはや歪形するこ
とが可能な実質でしかなく、音による表現の波に巻き込まれ押し流される——それはカフカが「学
会への報告」のなかで猿に言わせているとおりである。かんじんなことは、上空にむかって、あ
るいは自分の前方にむけてはっきり形成される垂直的な運動ではなく、屋根を突き破ることでもな
く、どこでもよく、その場にとどまってもいいから、強度に、まっさかさまに逃亡することである。

それは服従に反対する自由ではなく、ひとつの逃走線であり、あるいはむしろ単なる出口であり、「右だろうと左だろうと、どこであろうと」、できるだけ非有意的な出口である。一方では肖像あるいはうなだれた頭タイプの、より強固な、より抵抗力のある形式化は、それ自体の堅牢さを失って増殖し、蜂起を準備し、新たな強度の線にそって逃走するようになる（判事の猫背さえも破裂音を発し、法廷は屋根裏部屋に移されてしまう。そして写真や絵は『審判』のなかで増殖して新しい機能をえるのである）。カフカのデッサン、彼が好んで描く男の姿や、シルエットの線は、とりわけうなだれた頭、もたげた、あるいは直立した頭、あるいはさかさまの姿である。『オブリック』誌のカフカ特集号で、その複製が見られる。

私たちはカフカの想像力、彼の力学あるいは動物物語に相当する原型を見出そうとしているわけではない（原型というものは、同化、均質化、主題系によって成立するものであるが、私たちの照準は、ささやかな非均質の線、断絶の線が生じるところにある）。私たちは、自由連想といわれるものを追求することもしない（その惨めな末路は周知のことで、いつも私たちを幼少期の記憶に、

（4）カフカにおいて叫びは頻出する。自分の叫びを聞くために叫ぶ――箱のなかに閉じこめられた人間の死なんばかりの叫び――。「私は突然叫びをあげた。何もそれに応えず、無力なままに見捨てられるだけで、何も見返りなく、黙ったあとも、いつまでもわきあがる叫び……」（「不幸であること」）。（川村二郎訳、『決定版カフカ全集1　変身、流刑地にて』新潮社、一九八一年、三〇頁。なお、本文での引用は『審判』（『決定版カフカ全集5　審判』中野孝次訳、新潮社、一九八一年）、七七頁）

もっと悪いことには幻想(ファンタスム)につれもどすのだが、それは自由連想が失敗するからではなく、その隠された法の原則のなかに、こういったものがすでに折り込まれているからである)。私たちは解釈を行って、これこれはしかじかのことを意味すると言いたいわけでもない。(5)とりわけ言っておかなければならないのは、形式的対立や、お決まりのシニフィアンなどといっしょに構造を追求しているわけではないことである。誰でも「うなだれた頭―もたげた頭」、「肖像―音響」、といった二項的関係や、さらには「うなだれた頭―肖像」、「もたげた頭―音響」といった一対一の対応関係を指摘することができる。しかしシステムがどこで、どこにむかって逃走するのか、どんな生成変化をとげるのか、どんな要素が非均質性の役割を演じるのか見ないとすれば、それは馬鹿げたことだ。全体を流出させ、象徴的構造を破壊する飽和した身体に目をむけなければならないのだ。同じく解釈学にしたがう解釈、世俗的な観念連合、想像力の原型なども破壊されねばならないのだ。なぜならこういったものすべてのあいだに大きな違いは見つからないからだ(構造的な差異の対立と、差異化することを特質とする想像力の原型のあいだに、どんな違いがあるというのか)。私たちが信じるのは、カフカのひとつの政治学だけで、それは想像的でも象徴的でもない。私たちが信じるのは、カフカのひとつの、あるいはもろもろの機械だけで、それは構造でも幻想でもない。私たちが信じるのは、カフカの試みたひとつの実験だけで、それには解釈も有意性もなく、実験の実施要領があるだけだ。「私の望むのは、人々の裁きを受けることではありません。ただ知識をひろめたいだけ、報告することだけで満足なのです。学会の敬愛するみなさま、私は報告することだけで満足だったのです」[6]。ひとりの作家は、作家という人間なのではなく、政治的人間、人間－機械であり、実験的人間なのである（こうして彼は人間をやめて猿、甲虫、犬あるいは鼠になり、動物になること、非人間になることを実現する。というのも人がほんとうに動物になるのは声、音、スタイルによってであり、確かにつつましさによってであるからだ）。したがってカフカの機械は様々な度合で形式化された内容と表現によって構成されるのだが、同じくこの機械に出入りし、あらゆる状態を経由するもろもろの素材によっても構成される。機械のなかに入り、機械の外に出、機械の内部にあり、機械にそって進み、機械に接近するということも、やはり機械の一部をなすのである。それはあらゆる解釈とは無縁な欲望の諸状態なのだ。逃走線もまた機械の一部なのである。内部でも外部でも、動物は巣穴－機械の一部をなしている。問題は自由であることでは決してなく、出口をみつけること、あるいは入口、側面、廊下、隣りなどを見つけることである。おそらくいくつかの要素を考慮しなければならない。機械のもっぱら外観上の統一性、人々が機械の部品となるような仕

（5）たとえばマルト・ロベールはカフカについて、オイディプス的精神分析的解釈を提案するばかりか、肖像や写真はまやかし（トロンプ・ルイユ）であって、その意味は苦労して解釈すべきもので、うなだれた頭は不可能な追求を意味していると主張する（*Œuvres complètes*, Cercle du livre précieux, t. III, p. 380）。
（6）「学会への報告」。〔川村二郎訳、『決定版カフカ全集1』、一三一頁〕

組み、機械に対する欲望（人間または動物）の位置などである。「流刑地」では、機械は強固な統一性を備えているようで、男は完全にそのなかにとりこまれる。――おそらくそのせいで最終的な爆発がおき、機械が粉砕されるのである。『アメリカ』では反対に、K[11]はあらゆる機械の系列の外部にとどまり、機械から機械へと移動し、機械に入ろうとするたびに締め出されるのだ。船－機械、叔父の資本主義機械、ホテル－機械……。『審判』において再び問題になるのは、もっぱら法廷－機械として規定された機械なのである。しかしその統一性は、まったく曖昧模糊としており、影響力としての機械、伝染性の機械などがあって、外部あるいは内部にいることにもはや違いはないのだ。『城』における外観上の統一性はといえば、根底的な切片性に場所を譲るのである（「とどのつまり城は惨めでちっぽけな町にすぎず、あばら家の集まった村にすぎなかった……。私は農民にも、たぶん城の人間にもふさわしくなかった。――教師が言うには、農民と城のあいだに違いなんかないのだ[12]」）。といっても、外部と内部の違いがないからといって、別の次元を発見することができないわけではない。休止や停止をともなう近接性といったものがあって、そこに部品、歯車そして切片が組み立てられるのだ。「その道路にはわざとらしい曲がり角が設けてあり、城からそれ以上遠ざかるわけではなかったが、城に接近することもないのだった[13]」。欲望はまさにあらゆる位置や状態を通過し、あるいはむしろこうしたあらゆる線をたどる。欲望は形式ではなく、プロセスであり、訴訟なのである。

第2章　太りすぎのオイディプス

「父への手紙」は、あらゆる種類の惨めな精神分析的解釈の根拠になっているが、それは肖像であり写真であり、まったく別種の機械のなかにすべりこんでいる。頭をうなだれる父……。それは父自身が有罪であるからのみならず、彼が息子を有罪として、息子を裁くことをやめないからである。すべてが父の過失なのである。私が性的問題をかかえ、結婚できず、文章を書き、あるいは思うように書けず、この世界で顔をうつむけ、果てしない砂漠のような別世界を作り上げなければならなかったのは父のせいである。実はこの手紙は、ずいぶん後になって書かれたものだ。ここに書いてあることは真っ赤な嘘だということをカフカはよくわきまえている。つまり結婚への不適応、書くこと、強度の砂漠的世界への執着は、リビドーの観点からはまったく肯定的な動機をもっていて、父との関係に由来する反動などではないのだ。カフカはそのことを何度も繰り返しているし、マックス・ブロートも、まさに幼児の葛藤に関するオイディプス的な解釈の弱みを指摘することになる。[1] とはいえ手紙の重点は、何かしら移動していくのである。まず愛すべき父が嫌われ告発され有罪を宣告されるという神経症タイプの古典的オイディプスから、はるかに倒錯的なオイディプスにカフカは移っていくのだ。後者のオイディプスは父の無罪、あるいは父と息子に共通の「苦悩」という仮説のほうに傾いていくのだが、一連のパラノイア的解釈を通じて、どこまでも続く告発や、不確定で無制限になるので(『審判』における「期限延長」のように)なおさら激化する非難に場所を譲るのである。カフカはそのことを実感しており、想像のうちに父に言葉を与え、こう言わせている。おまえが証明したいのはこういうことなんだ。「まずおまえは無罪であること、第二に私が有罪であること、第三におまえはまったく寛容に私を許すだけでなく、過不足はあろうとも、真実はどうであろうとも、おまえと同じく私も無罪であると立証しようとしていて、おまえ自身そう信じてもいいと思っている」[*1]。この倒錯的な横すべりは、父の推定無罪から、さらに深刻な告発をひきだすもので、明らかにある目的、効果、手法を含んでいる。

目的は「写真」を拡大すること、不条理なまでに膨張させることなのだ。父の写真は法外なものになり、地理的、歴史的、政治的世界地図に投影され、その膨大な地域を覆うことになる。「生きのびようとすれば、あなたが覆ってしまわない地域、あなたの影響が及ばない地域だけが、私の住めるところのようです」[*2]。宇宙のオイディプス化。父の名前が歴史上の名称を、つまりユダヤ人、チェコ人、ドイツ人、プラハ、都市と田舎を超コード化する。しかしこうしてオイディプスを拡大するにつれて、このように顕微鏡的に拡大することによって、父は正体を露わにし、分子的な動揺となって、まったく別の戦いがそこに繰り広げられる。父の写真を世界地図に投影することによって、写真につきものの袋小路が開放され、袋小路の出口が見つかり、それを地下の巣穴全体と、またこの巣穴のあらゆる出口と連結させたのである。カフカがいうように、問題は自由ではなく出口なのだ。父の問題とは、父からいかに自由になるかではなく（オイディプス的問題）、父が見つけなかったところに、どうやって一つの道を見出すかである。父と息子に共通の無罪、共通の苦悩という仮説は、それゆえに最悪のものである。つまり父はその仮説によれば、自分の生まれた「田舎

（1）Max Brod, *Franz Kafka*, Idées, Gallimard, p. 38〔マックス・ブロート『フランツ・カフカ』辻瑆／林部圭一／坂本明美訳、みすず書房、一九七二年、二四頁〕：「カフカ自身あの（フロイトの）理論を知っていたが、この理論は詳細を考慮するものではなく、あるいはむしろ葛藤の核心に届かない粗末な推量だと受け取っていた」。（しかしながらブロートはオイディプス的な体験とは、まず幼児にあてはまるもの、そして神の体験に基づいて修正されるものと考えていたようだ pp. 57-58〔三七―三八頁〕）。ブロートへの手紙（一九一七年一一月〔中旬、チューラウ〕、*Correspondance*, p. 236）のなかでカフカは言っている。「精神分析に関する書物は、最初は驚くほど堪能させてくれるが、たちまち以前の飢えがもどってくる」。〔『決定版カフカ全集9　手紙　一九〇二―一九二四』吉田仙太郎訳、新潮社、一九八一年、二一七頁〕

のユダヤ人街」から脱出するためであったにしても、みずからの欲望と信念を棄てざるをえなかった人間としてあらわれ、息子に服従を求めたのは、どうやら彼自身が出口のない状況にあって支配的秩序に服従してきたからだ、というわけなのだ（「こうしたことはすべて特別な現象ではなく、この世代のユダヤ人の大部分にあてはまるのだった。彼らはある過渡期にさしかかり、まだみんなが相対的に敬虔だった田舎を去って都市に落ちつこうとしたのだ」[*3]）。要するに神経症を生むのはオイディプスではなく、神経症のほうが、つまりすでに服従して、自身の服従の姿勢を伝染させようとする欲望のほうが、オイディプスを生み出すのである。オイディプスとは神経症の商品価値なのだ。逆にオイディプスを拡大し、膨張させ、誇張し、倒錯的またはパラノイア的使用法を見つけることは、すでに服従状態を脱し、頭をもたげ、父の肩越しに、この出来事においていつもほんとうに問題だったのは何かを見ぬくことにつながる。問題はつまり欲望のミクロ政治学、袋小路と出口、服従と矯正といったことである。袋小路を開放すること、それを開通させること。オイディプスのうえと家族のなかに再領土化するのではなく、世界のなかでオイディプスを脱領土化すること。そのためには不条理なまでに、こっけいなほどに、オイディプスを拡大し、「父への手紙」を書かなければならなかった。精神分析の誤謬とは、その袋小路にはまり、私たちをそこに閉じ込めるということで、それは精神分析自体が神経症の商品価値によって生きのび、そこからあらゆる剰余価値をひきだしているからである。「父に対する反抗とは喜劇であって悲劇ではない[2]」。

「父への手紙」の二年後、カフカは自分自身「欲求不満に陥り」、「(彼の)時代と伝統のせいで(彼にとって)とっつきやすいものになったあらゆる手段[3]」にすがって、そこにはまり込んだことを認めている。ことほど左様に、オイディプスはかなり目新しく、フロイトの時代に流行した手管のひとつで、たくさんの喜劇的効果を生み出したのだ。それを拡大してみるだけで十分なのだ。「奇妙なことに、欲求不満をちょっと本格的にするだけで、あらゆる喜劇は現実に変わりうる[*4]」。といってもカフカは父の外面的影響を拒絶して、やはりオイディプス的なものといえる内面的生成や内部構造に注目しているわけではない。「私の不幸のはじまりが内面的に必然的なものだったと認めるなんて不可能だ、ある種の必然性があったかもしれないにせよ、それは内面的必然性ではなく、はじまりは、蠅のように飛び回りながらやってきたのだから、蠅のように簡単に追い払うことだってできた[*5]」。このことが本質的なのだ。内面と外面の彼方に、ある分子的な動揺、ダンス、「外部」との極限的関係というものがあって、それが法外に拡大したオイディプスの仮面をかぶるのだ。というのも劇的な拡大は、二重の効果をもたらす。一方では家族の三角形(父－母－子供)の背後に、それよりはるかに能動的な別の三角形がみつかり、家族そのものがそこから勢力を借用し、

(2) Gustav Janouch, *Kafka m'a dit*, Calmann-Lévy, p. 45.〔グスタフ・ヤノーホ『カフカとの対話――手記と追想』吉田仙太郎訳、みすず書房、二〇一二年、一一二頁〕
(3) *Journal*, 24 janvier 1922, p. 538.〔『日記』、一九二二年一月二四日、四〇二頁〕

服従を伝染させ頭を下げる使命、頭を下げさせる使命を借用するのだ。なぜなら子供のリビドーがはじめから備給するのは、まさにそれだからである。つまり家族の写真を通じて、世界地図全体に備給しているのだ。ある場合は、家族の三角形の項のひとつが、別の項によって置換され、これだけで家族全体が非家族化することになる（たとえば家族経営の商店は、父－従業員－子供を舞台にのせ、そこで子供は最下位の従業員の味方になって取り入ろうとする。あるいは「判決」で、ロシアの友人は三角形の一項の位置を占め、それを裁判や処罰の装置に変えてしまう）。別の場合には三角形全体が形態と人物を変更し、司法的、経済的、官僚制的、あるいは政治的といった性格をあらわに見せるようになる。『審判』において父は型通りの存在ではなくなり、判事－弁護士－被告がそういう性格をもつようになる（あるいは叔父－弁護士－ブロックのトリオは、ぜがひでもKが訴訟をまじめに受けることを望むのだ）。そしてトリオは、銀行員、警察官、判事などとして増殖する。さらにはドイツ人－チェコ人－ユダヤ人の政治地理学的三角形が、カフカの父の背後に浮かび上がる。「プラハでは（ユダヤ人は）チェコ人でないと非難され、ザーツやエーガーではドイツ人でないと非難された。（…）ドイツ人であろうとすると、チェコ人からもドイツ人からも責められた[4]」。だから父の無罪と苦悩という仮説は、最悪の告発となるのだ。父は、田舎のチェコ人でありユダヤ人であるという出自を裏切って、頭を下げ、自分のものではない権力に服従し、袋小路に入ってしまっただけである。したがって、あまりにもよくできた家族の三角形は、まったく別の性格をもつ様々な備給のための導入にすぎなかったのであり、子供はそういう備給を、父の背後に、母のなかに、自分自身のなかにたえず発見するのだ。判事、警視、官僚などは父の代理ではなく、むしろ父のほうがあらゆる力を凝縮したもので、父自身はそれに服従し、息子にも服従をうながしている。家族には扉があるだけで、はじめからその扉をもろもろの「悪魔的な勢力」がノックし、恐ろしいことに、ある日、なかに忍び込もうとほくそえんでいるのだ。(5) カフカにおいて苦しみ楽しんでいるのは、父ではなく、超自我でも、なんらかのシニフィアンでもなく、すでにアメリカ的なテクノクラート機械、あるいはロシア的な官僚制機械であり、あるいはファシスト機械なのである。そして家族の三角形の一角が、あるいは突然三角形の全体が分解され、それらの勢力がこれに乗じて現実に作動するにつれて、背後に出現する別の三角形は漠然として拡散する傾向をもち、たがいのなかでたえず変形しあい、一角や一点が増殖しはじめ、あるいは各辺の全体がたえず形を歪められる。たとえば『審判』のはじめでは、三人の正体不明の人物が三人の銀行員に変身し、三人の刑事や、窓際に集まった三人の奇妙な人物と変動する関係を結ぶ。法廷の最初の描写では、ま

（4）Wagenbach, *Franz Kafka, Année de jeunesse (1883-1912)*, tr. fr. Mercure, p. 69 に引用されているテオドール・ヘルツェルの言葉。〔K・ヴァーゲンバッハ『若き日のカフカ』中野孝次／高辻知義訳、竹内書店、一九六九年、七〇頁〕

（5）ヴァーゲンバッハのブロート宛の手紙（Wagenbach, p. 156）:「悪魔的勢力は、そのメッセージが何であろうと、扉に軽く触れるだけで、おそろしいことに、ある日そこに忍びこもうとほくそえんでいたのです」。〔ヴァーゲンバッハ、一六〇頁〕

だ判事と、左右の辺が三角形をなしているが、あとでは内部の増殖が癌のように進行し、オフィスと官僚制が解きがたくからみあい、果てしなく捉えがたい階層性が現れ、いかがわしい空間が伝染していくのだ（別のかたちではあるが、プルーストにも似たところがあり、人物たちのまとまりや、彼らのなす形態が、混沌や、あいまいな集合の増殖に場所を譲るのだ）。同じように、父の背後には、チェコの田舎の環境を離れて都市のドイツ人共同体のほうに移住するユダヤ人の混沌が広がるのだが、彼らは両方から攻撃されて、三角形に変形が起きるのだ。子供たちもそれに気づかざるを得ない。彼らはみんな地理的政治的地図をもつことになるが、すでに乳母や、女中や、父の使用人等々との関係において、その輪郭はぼかされ変動し続ける。それでも父が息子に愛され尊敬されるのは、彼自身が若いときに、結局うちまかされることになろうとも、ある種の悪魔的勢力と対決したからなのだ。

いっぽうでオイディプスが喜劇的に肥大し、つぶさに見ると別の圧政者たちの三角形が見え始めるにつれて、同時に出現するのは、そこから逃れる出口の可能性であり、ある逃走線なのだ。「悪魔的勢力」の非‐人間性に、「動物になること」の下‐人間性が応答する。頭を下げて官僚や刑事、判事や被告であり続けるよりは、甲虫になること、犬になること、猿になること、「まっさかさまに転落しながら逃走すること」[*6]。ここでもやはり子供たちは、みんなこういう逃走線、こうした〈動物になること〉を構築し、体験するのだ。生成変化〔なること〕としての動物は、父の代理とも、原型とも無関係である。なぜなら父は田舎を去って都会に落ち着くユダヤ人として、おそらく真の脱領土化の運動にとらわれたからである。しかし彼は家族において、商売において、彼の服従や彼の権威の機構において、たえず再領土化するのだ。原型というものは精神的再領土化の手法である[6]。動物になることは、まったく反対で、少なくとも原理的には絶対的脱領土化であり、カフカによってたくまれた砂漠的世界に下降する動きなのだ。「私の世界の魅力だってやはり大きい。私を愛する人たちは、私が見捨てられているから愛するのだ。それに、おそらくヴァイスの真空として私を愛するのではなく、ここで私に欠けている運動の自由が、好調なときには別の次元で与えられていると彼らは感じているから愛するのだ」[7]。動物になること、それはまさに運動を実行すること、まったくの肯定性とともに逃走線を描くこと、閾を超え、それ自体にとってだけ価値をもつ強度の連続体に到達すること、純粋な強度の世界を見出すことであり、そこではあらゆる形態は分解し、あらゆる意味作用、シニフィアンとシニフィエも分解して、形式化されない素材、脱領土化した流れ、非有意的な記号が優先するのだ。カフカの動物たちは、神話とも原型とも無縁であり、ただ踏み越えられた勾配、解放された強度のゾーンに対応するだけであり、このゾーンにおいて内容はそ

(6) たとえば、カフカはシオニズムに対して長いあいだ不信感を抱いていた（精神的、身体的再領土化とみなしたのである）。Wagenbacha, pp. 164-167.〔ヴァーゲンバッハ、一六七―一七二頁〕

(7) *Journal*, 1922, p. 543.〔『日記』、一九二二年一二月二九日、四〇六―四〇七頁〕

の形態から解き放たれ、同じく表現はそれ自体を形式化するシニフィアンから解き放たれる。もはや孤独な物質における運動、振動、閾があるだけである。鼠、犬、猿、ゴキブリなどの動物は、ただなんらかの閾、なんらかの振動によって、リゾームや巣穴におけるなんらかの地下道によって区別されるだけである。なぜなら、これらの通路は地下の強度にほかならないからだ。〈鼠になることと〉においては、鳴き声が言葉から音楽と意味をもぎとる。〈猿になること〉において、ひとつの咳は「ひとを不安に陥れるが意味をもってはいない」(結核によって猿になること)。〈昆虫になること〉においては、痛ましい鳴き声が声をまき込み、言葉の響きをかきまぜる。グレゴールがゴキブリになるのは、ただ父から逃げるためではなく、むしろ父には見つけられなかったところに出口を見出すため、専務、商人、官僚たちから逃れるため、声がもはやざわめきでしかないあの地帯に到達するためである。「あれが喋るのを聞いたかね、獣の声だよと専務は断言した」[*7]。

実はカフカの動物に関する文章は、私たちが述べているよりもはるかに複雑である。あるいは反対にずっと単純でもある。たとえば「学会への報告」では、人間が動物になることではなく、猿が人間になることが主題である。この生成変化は、単なる模倣として提示されている。そして肝心なことは出口を見つけることだとすれば(出口であって「自由」ではない)、この出口は決して逃走につながるものではない。しかし一方で、逃走は空間における無用な動きとして、見せかけの自由の動きとして拒絶されているだけである。逆に場所を動かない逃走として、強度における逃走としては肯定されるのだ（「これが私のやったことで、私は逃げたのだ。他に解決はなかった、自由という解決は拒んだのだから」[*8]）。他方では、模倣とは見かけでしかないということである。なぜなら問題はいろんな形象を再生することではなく、非並行的かつ非対称的な進化において強度の連続体を生み出すことであり、あるいは人間が猿になると同時に、猿が人間になることであるからだ。生成変化とはある捕獲、所有、剰余価値であり、決して再生産や模倣ではない。「私は模倣するという考えには惹かれませんでした、他に理由があったからではなく、出口をさがしていたのだから模倣したのです」[*9]。まさに人間によって捕獲された動物は、人間の力によって脱領土化されるのであって、「報告」の冒頭はこの点を強調している。しかし脱領土化された動物の力のほうは、人間の力の脱領土化を加速し、より強度にするのだ（あえて言うならば）。「私の猿の本性は大急ぎで私から逃げ去っていき、真っ逆さまに転落したので、その結果、私の最初の教師は彼自身、猿めいてきて、まもなく授業を放棄し、精神病院に入らざるをえませんでした」(8)。こうして脱領土化の流れどうしの接続がおこなわれるが、これはあいかわらず領土的なままの模倣を逸脱するものである。まさにこのようにして蘭もやはりスズメバチのイメージを複製するように見えるが、もっと根本的

（8）この文章に関しては別ヴァージョンがあり、場所はサナトリウムである。猿の咳に注目すること。〔訳注：本文での引用は「学会への報告」、一三〇頁。〕

にいえば、自分自身において脱領土化しているのであり、スズメバチのほうも、蘭と交わることによって脱領土化しているのだ。つまりコードの断片を捕獲しているのであって、イメージを複製しているわけではない（「ある犬の研究」では、あらゆる相似の観念は、もっと精力的に排除されている。つまりカフカは「想像力によって暗示される相似とまぎらわしい誘惑」を攻撃してまわるのだ。犬の孤独を通じて彼が把握しようとするのは、最大の差異であり、分裂的差異である）。

したがって、オイディプスの発達あるいは喜劇的肥大は、二つの結果をもたらす。まず家族の三角形の下、あるいはそのなかで、反対に作動する他の三角形の発見である。まして、それは孤児に属する〈動物になること〉における逃走線の道筋ともなる。どうやら「変身」の文章ほど、この二つの側面の関係をよく示しているものはない。徐々に官僚的三角形が形成される。まず脅しにかかり要求をつきつける専務、それから父は銀行の務めを再開し、制服を着たまま眠り、彼が服従する力、やはり外部のものである力を確証するのだが、「彼はあたかも自分の家でも上司の声を待望しているかのようなのだ[*10]」。最後には突然、間借り人の三人の役人が侵入してきて、いまや家族そのもののなかに入りこみ、占拠し、「父、母、グレゴールのいた場所に[*11]」居座っている。そしてグレゴールの〈動物になること〉の全体はこれに関連している。彼の甲虫、コガネムシ、クソムシ、ゴキブリになることは、家族の三角形に対して、そして特に官僚的かつ商業的な三角形に対しても、強度の逃走線を引くのである。

しかしオイディプスの彼方と手前の結びつきを把握したと思うとたちまち、いままでになく出口から遠ざかり、袋小路に閉じ込められてしまうのはなぜなのか。それはつまりオイディプスの力に回帰する危険がつねにあるからである。拡大する倒錯的使用法だけでは、あらゆる閉鎖、家族の三角形の復活をはばむのに十分ではなく、この三角形は動物的な線としての別の三角形を吸収してしまう。この意味で「変身」は再オイディプス化をめぐる典型的な物語なのだ。グレゴールの脱領土化の過程は、彼の〈動物になること〉において、ある時点で封鎖される。グレゴールが途中で諦めてしまうという誤謬のためだろうか。妹は、彼を喜ばせようとして、部屋を片付けようとする。しかしグレゴールは、毛皮をまとった女性の肖像をとっておきたいのだ。彼はこの肖像にしがみつくのだが、これは最後の領土化されたイメージのようなものである。結局これは妹にとってたえがたいことなのだ。彼女はグレゴールを受け入れ、彼と同じように、分裂的な近親相姦、多くの連結に備える近親相姦、オイディプス的近親相姦に対立する兄妹の近親相姦、動物になることとしての非人間的性愛のしるしである近親相姦を望んだのである。しかし肖像に嫉妬して、妹はグレゴールを嫌悪しはじめ、処罰する。このときから〈動物になること〉におけるグレゴールの脱領土化は頓挫する。つまり彼はリンゴを投げつけられて再領土化し、背中にリンゴがめりこんで、もはや死ぬしかない。これに並行して、もっと複雑で悪魔的な三角形における家族の脱領土化も継続を断たれてしまう。つまり父は三人の間借り人の役人たちを追い出し、オイディプスの三角形の家父長的原則にもどり、家族は幸福のうちに閉鎖してしまう。グレゴールに過失があったかどうかということさえ確かではない。むしろ〈動物になること〉が原則に一致せずに両義性を保ったままで、そのため徹底せず、挫折することになったのではないか。動物たちはまだあまりに形式化されており、あまりに有意的、あまりに領土化されているのではないか。動物になることの全体が、分裂的な出口とオイディプス的な袋小路のあいだで揺れているのではないか。犬というとりわけオイディプス的な動物について、カフカは日記でも手紙でもしばしば話題にしているが、ほかにも「ある犬の研究」における音楽犬や、「村での誘惑」[*12]の悪魔的な犬のように、分裂的動物としての犬が登場する。事実として、カフカの主な動物譚は『審判』の前に書かれ、あるいは長編小説に並行してその代償のようにして書かれた。長編小説のほうはあらゆる動物の問題から解放され、より高度な問題をめざすのだ。

第3章　マイナー文学とは何か

実のところ私たちはここまで、さまざまな内容と、それらの形式についてしか語っていない。うなだれた頭―もたげた頭、三角形―逃走線、それだけだ。そして確かにうなだれた頭は、表現領域における写真に結びつき、同じようにもたげた頭は音に結びつく。しかし表現とその形式そして変形が、それ自体として考慮されなければ、ほんとうの出口は、内容のレベルでも見つからない。ただ表現だけが私たちに手法をもたらすのである。カフカは表現の問題を抽象的普遍的なやり方で問うているのではなく、たとえばワルシャワあるいはプラハのユダヤ人文学のような、マイナーと呼ぶべき文学との関連で問うている。マイナー文学とは、マイナー言語の文学のことではなく、むしろメジャー言語のなかにマイノリティが生み出す文学のことである。とにかくマイナー文学の第一の特性は、言語が脱領土化の顕著な要因に影響されることである。この意味で、プラハのユダヤ人が文章を書くことを妨げ、彼らの文学をなにかしら不可能なものにする袋小路を、カフカは明らかにしている。つまり書かずにいることは不可能であり、ドイツ語で書くことは不可能であり、別の仕方で書くことも不可能なのだ。[(1)] 書かずにいることが不可能なのは、国民的意識が不安定な、あるいは抑圧されたものであり、不可避的に文学にかかわるからである（「文学的闘争は、可能なかぎり最大のスケールで現実的正当性を手に入れる」[*1]）。ドイツ語でしか書けないという不可能性は、プラハのユダヤ人にとって、チェコ本来の領土性に対する消しがたい距離感からくる。そしてドイツ語で書くことの不可能性は、ドイツ人の人口そのものが脱領土化していることからくるのである。彼らは抑圧的なマイノリティであり、「書類の言葉」あるいは「人工の言葉」として大衆から分断された言語を話し、なおさらユダヤ人は、このマイノリティに属しながらも排斥されて、「揺りかごのドイツ人の赤ん坊を誘拐したジプシー」[*2]のようなものだからである。要するに、プラハのドイツ語は脱領土化された言語であり、マイナーな例外的使用にふさわしい（別の現代的コンテクストでは、黒人がアメリカ英語にもたらしうる変化がこれに対応する）。

マイナー文学の第二の特性は、そのなかではすべてが政治的であるということだ。「大規模な」文学においては反対に（家族や夫婦などの）個人的事項が、同じく個人的な別の事項と合体する傾向があり、社会的領域は、環境として、また背景として奉仕するものにすぎない。したがって、これらのオイディプス的事項のどれをとってみても特に不可欠なものではなく、絶対に必要ではないのだが、全体としては広大な空間のなかで「まとまり」をなしている。マイナー文学はまったく異なって、その狭い空間では、それぞれの個人的事項がそのまま政治につながるのだ。だから個人的事項は、そのなかでまったく別の話題がひしめいているので、なおさら必然的、不可欠であり、顕微鏡で見るように拡大されるのだ。まさにこの意味で、家族の三角形は別の商業的、経済的、官僚制的、法的な三角形に接続され、それらによって価値を決定される。カフカがマイナー文学の目標として「父と子を対立させる紛糾にかたをつけること、そしてそれを議論する可能性[*3]」をあげるとき、かんじんなことはオイディプス的幻想ではなく、政治的プログラムなのだ。「個人的事項が、ときに穏やかに熟考されることがあっても、そういう事項が、これに類似する別の事項と結合する境界まで達することはない。むしろ個人的事項を政治から分離する境界に達し、その境界が現前する前にそれを感知しようとするところまで行く、そしてどこでもこの境界が強固になっていることを感知しようとするのだ。(…)大規模な文学においては、下方で表現され、建物にとって不可欠

(1) 一九二一年六月、ブロートへの手紙、*Correspondance*, p. 394 〔『手紙』、三七〇頁〕、およびヴァーゲンバッハの注釈(Wagenbach, p. 84 〔ヴァーゲンバッハ『若き日のカフカ』、八五頁〕)。

ではない地下室であるにすぎないものが、ここでは白昼の光にさらされる。あちらでは通りすがりの野次馬を集めるだけのことが、ここでは生死を分ける決定につながる」[2]。

第三の特性は、あらゆることが集団的価値を帯びているという点である。実際にマイノリティ文学においては才能がみちあふれているわけではないので、巨匠に属する個人的言表行為が生まれる状況がないのだ。そのような言表行為なら集団的言表行為から分離されることも可能なのである。したがってこの才能の稀少性という状態は、まさに好都合で、巨匠の文学とは別のものに目を向けさせる。つまり作家がたったひとりで述べることが、すでに共同的行為となり、たとえ他者たちが賛成しないとしても、作家の言うこと為すことは必然的に政治的となる。政治の領域がすべての言表に伝染するのだ。とりわけそれ以上に、集団的または国民的意識が「外的生活においてしばしば不活性的で、つねに退行しつつあるので[*4]」、文学こそが、集団的さらには革命的言表行為の役割と機能を肯定的に引き受けることになる。文学こそが、たとえ懐疑的態度を含んでいても、能動的な連帯を生み出すのだ。たとえ作家が周縁にあり、脆弱な共同体から孤立していようとも、この状況のせいで彼はなおさら別の潜在的共同体を表現し、別の意識、別の感性にいたる手段を鍛え上げる。まさに「ある犬の研究」の犬が、孤独のうちに別の科学を要望するように。こうして文学機械は来たるべき革命機械のための仲立ちになるのだが、それはイデオロギーが理由ではまったくなく、ただ文学機械だけがその世界のどこでも欠如している集団的言表行為の条件を決然としてみたすからである。つまり文学は、民衆の問題となるのである。[3] カフカはまさにこのような語彙を通じて問いを提出するのだ。言表は、その原因となる言表行為の主体にかかわるのではなく、その結果となる言表の主体にもかかわらない。おそらくカフカは、ある時期には、これら二種類の主体の旧来のカテゴリーにしたがって思考していた。つまり作者と主人公、語り手と登場人物、夢見るものと夢見られるものといったカテゴリーである。[4] しかし彼は早々と、語り手の原則を放棄し、またゲーテを讃えるにしても、作家主体の、巨匠の文学を拒むのである。鼠のヨゼフィーネは、自分の歌の個人的レッスンをやめ、「(彼女の)民衆の英雄たちの数知れぬ群れ」[*5]の集団的言表行為に溶け込もうとする。個体化された動物から群れへの、あるいは集団的多数への移行、たとえば七匹の音楽犬である

(2) *Journal*, 25 décembre 1911, p. 182.〔『日記』、一九一一年一二月二五日、一五一―一五二頁〕

(3) *Journal*, 25 décembre 1911, p. 181〔『日記』、一九一一年一二月二五日、一五一頁〕:「文学とは文学史の問題ではなく、民衆の問題である」。

(4) Cf. *Préparatifs de noce à la campanie*, p. 10〔「田舎の婚礼準備」、『決定版カフカ全集3 田舎婚礼準備、父への手紙』飛鷹節訳、新潮社、一九八一年、六頁、強調原文〕:「おまえが私ではなく誰もがというかぎり、無事である」。そして二つの主語が出現する(p. 12〔八頁〕):「田舎に行く必要なんかない。不必要なのだ。服を着た自分の体を運んでいくだけだ……」。ところが語り手は、ゴキブリ、クワガタムシ、コガネムシのように寝ころんだままだ。おそらくここに『変身』におけるグレゴールの〈ゴキブリになること〉の起源がある(同じくカフカはフェリーチェに会いにいくことを放棄し、寝転んだままでいることを選ぶ)。しかし『変身』の動物は、まさに「なること」の価値を獲得し、もはや言表行為の主体の停滞が表現される余地はない。

る。あるいはまたやはり「ある犬の研究」のなかで、孤独な探求者の言表は、犬という種の集団的言表行為のアレンジメント[*6]〔アジャンスマン〕をめざすのである。たとえこの集団がもはや存在しなくても、あるいはまだ存在しないとしても。主体など存在せず、言表行為の集団的アレンジメントがあるだけである。――そして文学は、これらのアレンジメントが外部に与えられておらず、ただ来たるべき悪魔的な勢力として、または構築すべき革命的な力として存在するという条件において、これらを表現するのである。カフカの孤独は、いま現在、歴史を横断するすべてのものにむけて彼を開く。Kという文字はもはや語り手でも登場人物でもなく、まったく機械状のアレンジメントを、まったく集団的な動因を指示するのだが、それは一個人が孤独のうちにあってもそれらに接続されているからである（ただ主体との関係において、個人的なことは集団的なことから分離され、固有の事項にしか関知しなくなるのだ）。

マイナー文学の三つの特性とは、言語の脱領土化、個人的な事項がじかに政治的事項につながるということ、言表行為の集団的アレンジメントである。すなわち「マイナー」とはもはやある種の文学を規定するのではなく、大規模（あるいは確立されたもの）と言われる文学のなかのあらゆる文学の革命的状況を規定する語なのである。不幸にも大規模な文学をもつ国に生まれたものも、チェコのユダヤ人がドイツ語で書き、ウズベク人がロシア語で書くように、当の国の言語で書かなければならない。穴を掘る犬のように、巣穴を作る鼠のように書くこと。そのために自分自身の未開の地点、自分自身の方言、自分だけの第三世界、自分だけの砂漠を見出すこと。メジャー文学とは何かについて、また民衆文学、大衆文学とは何か、等々について、数々の議論が行われてきた。より客観的な概念、つまりマイナー文学の概念をまず考慮しなければ、それらの指標を知ることは実に難しい。民衆の文学、辺境の文学等々は、内部からメジャー言語そのもののマイナーな使用法を確立する可能性によってはじめて定義されるのである。[5] これによってのみ、文学は実際に表現の集団的機械となり、もろもろの内容を扱って牽引することができるようになる。まさにマイナー文学こそが、素材を加工することにずっと適している、とカフカは言うのである。[6] この表現機械とは何であり、何のためのものなのか。それが言語に対して多様な脱領土化の関係をもつことを、私たちは知っている。チェコ語といっしょに田舎の環境を見捨てたユダヤ人たちの情況、「書類の言語」としてのあのドイツ語の情況。それならば、もっと遠くに進もう、表現におけるこの脱領土化運動をもっと推進しよう。ただし二つのやり方が可能である。ひとつは、このドイツ語を作為的に豊かにし、象徴主義、夢幻状態、秘教的意味、隠されたシニフィアンなどでいっぱいにすること。それはグスタ

(5) Cf. Michel Ragon, *Histoire de la littérature prolétarienne en France*, Albin Michel : 指標を見出すことの難しさ、および「第二のゾーンの文学」の概念を採用することの必要について。

(6) *Journal*, 25 décembre 1911, p. 181 :「小国の記憶は、大国のそれに比べて短いわけではない。だから現存する素材を、もっと徹底的に加工する」。〔『日記』、一九一一年一二月二五日、一五一頁〕

フ・マイリンクや、その他大勢、マックス・ブロートもその一員だったプラハ派の傾向である。[7] しかしこの試みは原型、カバラ、錬金術にもとづいた象徴的再領土化の絶望的努力を含んでおり、民衆との断絶を強調し、「シオンの夢」としてのシオニズムのなかにだけ政治的な出口を見出すのである。カフカは早々と別のやり方を選ぶ、というかむしろそれを発見するのである。プラハのドイツ語を、あるがままに、その貧しさのままに採用すること。つねにもっと遠くまで脱領土化すること……その簡潔さに乗じて。語彙が枯渇しているので、それを強度において振動させること。言語のもっぱら強度的な用法を、あらゆる象徴的、さらには意味的、あるいは単に有意的な用法に対立させること。形式化されない完全な表現に、強度の物質的表現に到達すること。(二つの可能なやり方については別の条件で、ジョイスとベケットについて同じことがいえるのではないか。二人ともアイルランド人で、マイナー文学の典型的条件をみたしている。あらゆる文学に対してマイナーであること、つまり革命的であることは、このような文学の栄光である。ジョイスにおける英語、そしてあらゆる言語の用法。ベケットにおける英語とフランス語の用法。しかし一方はたえず、ありあまる豊かさと多元的決定によって進み、あらゆる世界的再領土化を実行する。もう一方は枯渇と簡潔さ、望まれた貧しさに乗じて進み、もはやもろもろの強度しか存在しないところまで脱領土化を徹底するのである)。

今日、自分のものではない言語圏に暮らす人々がどれほどたくさんいることか。あるいはもはや自国語を知らず、いまだ知らず、みずからが使用することを強いられたメジャー言語をよく知らない人々もいるのではないか。移民たちと、とりわけその子供たちの問題である。それこそマイナー文学の問題であるが、実は私たちみんなの問題でもある。自分自身の言語から、いかにマイナー文学をもぎとり、それが言葉を穿ち、簡素な革命的方向に言葉を逃走させるようにもっていくか。いかにして遊牧民に、移民になり、自分自身の言語にとってジプシーになるか。カフカは言うのだ。揺りかごから子供を盗むこと、綱渡りをすること。

豊かでも貧しくても、言葉というものはつねに口、舌、歯の脱領土化をともなうのである。口、舌、歯は、まず食物のなかに最初の領土性を見出す。しかし音の分節に集中するようになると口、舌、歯はみずから脱領土化する。したがって、食べることと話すことのあいだには、ある種の分離が生じ、さらには、そんなふうに見えなくても、食べることと書くことのあいだにも分離が生じる。食べながら書くことは、食べながら話すことよりもたぶん簡単だ。しかし書くことは、はるかに言葉を、食物に拮抗しうるモノに変えるのである。内容と表現のあいだに分離が起きる。話すこと、そして特に書くことは、絶食することである。カフカは食物に対するたえまない強迫観念をあらわ

（7）ヴァーゲンバッハの前掲書『若き日のカフカ』を参照。「世紀の転換期のプラハ」という素晴らしい章は、チェコスロヴァキアのドイツ語の情況と、プラハ派に関するものである。

にしているが、彼にとって食物とはとりわけ動物あるいは肉であり、肉屋、歯、大きい不潔な歯、あるいは金歯につながる。(8) フェリーチェとの間にはいつもこの問題があった。絶食することもまたカフカが書くものの恒常的な主題であり、長々と絶食について語るのである。肉屋たちに監視される断食のチャンピオンは、生肉を食べる猛獣たちの傍らで自分の生涯を終え、観客たちを腹立たしい板挟み状態におく。犬たちは、研究者である犬の口を餌でいっぱいにしてやろうとするのだが、それはこの犬が質問するのをやめさせるためである。「どうして、むしろ僕を追い払い、質問することを禁じないのか。いや、それは彼らの望むところではない。確かに僕の質問なんか聞く耳をもたなかったのだが、僕が質問するからこそ、彼らは僕を追い払うのをためらっていたのだ」[*7]。研究犬は二つの科学のあいだで揺れている。ひとつは食物の、大地の、そしてうなだれた頭の科学である（「大地はどこでこの食物を獲得するのか」[*8]）。もう一つは音楽の、「大気」の、そしてもたげた頭の科学である。このほうは最初の七匹の音楽犬と最後の唄う犬が示している通りだ。しかし二つの科学のあいだには、どこか共通点もある。というのも食物は上方からもやってくるのであり、音楽が奇妙に静かなように、食物の科学は絶食によらなければ進歩することがないのだ。

実際、言語というものは通常、みずからの脱領土化を、意味における再領土化によって補償するのである。意味の器官であることをやめるなら、言語は〈感覚〉の道具になる。そして意味こそが、本来の意味として音の指示作用の配属をとりしきり（語が指示するモノあるいはモノの状態）、そしてまた比喩的な意味としてイメージとメタファーの配属をとりしきるのだ（ある位相や、ある条件で、言葉がめざす他のモノ）。したがって、単に「意味」における精神的な再領土化が起きるだけではない。これに並行して、言葉は、意味にかかわる言表行為の主体と、直接的にあるいはメタファーにより指示対象にかかわる言表の主体との区別と補完性によって、はじめて存在するのだ。言葉のこのような通常の使用法は、外延的あるいは表象的と呼ばれうる、つまりそれは言葉の再領土化的機能である（こうして「研究」の最後の歌う犬は主人公に対して断食をやめ、いわば再オイディプス化するようにせまるのだ）。

ところがプラハのドイツ語の情況は、チェコ語やイディッシュ語と混淆して枯渇した言語として、カフカの発明を可能にするのである。そういうしだいなので（「そういうしだい、そういうしだい」とはカフカの口癖で、事実の状態を表現する決まり文句なのだ）、意味を諦めよう、ほのめかすだけにしよう、意味の骸骨や影絵だけを尊重することにしよう。

（8）カフカにおいて、歯をめぐる話題は頻繁に出てくる。肉屋だった祖父、肉市場の路地にあった学校、フェリーチェの顎、肉を食べることの拒否、マリエンバードでフェリーチェと寝るときは例外だった。ミシェル・クルノーの記事「きみの歯はとても大きい」（*Nouvel observateur*, 17/4/72）を参照。カフカについての最も美しい文章のひとつだ。ルイス・キャロルにも、食べることと話すことのあいだに同様の対立があり、そして無意味という出口が見られ、これと比較することができる。

すなわち（1）分節された音とは脱領土化された雑音であったが、意味において再領土化されていた。ところがいまは、音それ自身が何の補償もないまま絶対的に脱領土化されるであろう。この新しい脱領土化をつきぬける音あるいは語は、道理にかなった言葉ではなく、言葉から派生したにしても、音楽ではないし、組織された歌でもない。それらしいある種の効果を与えることはあるにしても。私たちはすでにみてきた、言葉を混乱させるグレゴールの鳴き声、鼠のピーピーいう音、猿の咳、また演奏しないピアニスト、歌うことがなく、歌わないことから歌を生じさせる歌手、音楽犬、音楽を奏でないので全身において音楽家である犬。いたるところで、組織された音楽は廃絶の線につらぬかれ、同じく、道理にかなった言葉は逃走線につらぬかれ、ひとつの表現的な生ける素材を解放することになるが、この素材はそれ自身が語るのであり、もはや形式化される必要がない。[9] 意味から剝がれ、意味を超えて獲得されたこの言葉は、意味を能動的に中和し、もはや自分の方向を、言葉のアクセントや屈折に見出すだけである。「あちらこちらで、私はただ些細な言葉の内部で生きているだけで、その変母音のせいで私の役立たずな頭は一瞬おかしくなってしまう。（…）私のものの感じ方は魚のようなものだ」[10]。子供たちはこんな戯れを上手にやってのける。意味があいまいにしかわからない単語を繰り返し、それ自体を響かせることである（『城』のはじめで、学校の子供たちはあまり早口でしゃべるので、何を言っているかわからない）。カフカは子供のとき、どんなふうに父親のものの言い方をまねして、それを無意味の線上に滑らせたか語っている。「月末には、月末には……」[11]固有名は、それ自体意味をもっていないので、特にこのような戯れにむいている。ミレナ（Milena）は、iにアクセントがあって「ボヘミアをさまようギリシア人やローマ人は、チェコ人のせいで発音をまちがえる」ことを想起させるようになる。それから、もう少し微妙な連想をして、彼は「両腕にかかえられ、世界から炎からさらわれていく女」のことを語り、そのときいつでもありうる落下や、反対に「かかえたものといっしょに飛び上がるおまえの歓び」を強調するのだ。[12]

（2）ミレナの名前に関する二つの想起のあいだには、ある差異が、いわばまったく相対的で微

（9）『審判』：「彼は最後に二人が彼に話しかけているのに気づいたが、意味がわからなかった。大きな雑音しか聞こえず、それで空間全体がいっぱいのようで、そこにたえず一種のサイレンのような鋭い音がつきささった」〔『決定版カフカ全集5　審判』中野孝次訳、新潮社、一九八一年、六六頁〕。

（10）*Journal*, p. 50.〔『日記』、一九一一年八月一五日、四七頁〕

（11）*Journal*, p. 177〔『日記』、一九一一年一二月二四日、日曜日、一四八頁〕：「意味を尋ねるところまではいかないまま、月末という言い方は私にとって痛ましい秘密のように思えた」。しかもそれは毎月繰り返されるのだからなおさらである、――カフカ自身はほのめかしている。この表現に意味がないとすれば、それは怠惰のせい、そして「面白味が欠けている」せいなのだ。欠如や無能を想定させるこの説明は、ヴァーゲンバッハが継承したものだ。カフカはしばしばこのようにして彼の情熱の対象を示し、あるいは隠すのだ。

（12）*Lettres à Milena*, Gallimard, p. 66. カフカは自分の考え出した固有名からはじめて、固有名に熱中している〔『決定版カフカ全集8　ミレナへの手紙』辻瑆訳、新潮社、一九八一年、四二頁〕。Cf. *Journal*, p. 268（「判決」における名前について）。〔『日記』、一九一二年二月一一日、二一四―二一五頁〕

妙な差異があるようだ。ひとつはまだ幻想的タイプの外延的な形象化された場面に結びつき、ふたつめは、すでにもっと強度的で、名前そのものに含まれる強度の閾としての落下や飛躍を強調している。まさに、意味が積極的に無化されるときには、そういうことが起きているのだ。ヴァーゲンバッハがいうとおりである。「単語が支配力をもち、じかにイメージを生み出す」[*9]。しかしこの過程をいかに定義しようか。意味からはただ、逃走線を導く何かだけが生きのびるのだ。そこには本来の意味にしたがう何かの指示も、比喩的な意味にしたがうメタファーの指定もないのである。しかしイメージとしてのモノは、もはや一連の強度状態を、純粋な強度の階梯あるいは行程を形成するにすぎず、これらを人は何らかの方向に、上から下へ、下から上へ走りぬけることができるだけだ。イメージとはこの走行そのものであり、まさに〈なること〉になったのである。人間が犬になること、犬が人間になること、人間が猿に、甲虫になること、あるいはその逆等々。私たちはもはや、たとえば犬という語が直接にある動物を指示し、メタファーによって別のものに適用される（「犬のように」と言ったりできる）という、通常の豊かな言語の情況のなかにあるのではない[(13)]。一九二一年の日記、「メタファーは文学において僕を絶望させるもののひとつだ」[*10]。カフカは徹底してあらゆるメタファー、象徴性、意味作用、さらには指示作用を抹殺するのである。変身（メタモルフォーゼ）はメタファーの逆なのだ。もはや本来の意味も、比喩的な意味もなく、語のひろがりにおける様々な状態の配置があるだけである。もはやどんなものも、それぞれの逃走線にしたがって脱領土化された音あるいは語が走りぬける強度にほかならない。問題は、ある動物の行動と人間の行動が似ていることではないし、駄洒落など問題外である。もはや人間も動物もないのは、流れの連接において、強度の可逆的な連続体において、それぞれが他のものを脱領土化するからである。かんじんなことは、反対に強度の差異として最大の差異を、閾の通過、上昇や落下、下降や屹立、語のアクセントなどを内包する生成変化〔なること〕なのである。動物は人間「のように」話すわけではなく、言語から意味作用のない音声を抽出する。言葉自体は動物「のような」ものではなく、それ自体が這いまわり、吠え、鳴き、それ自体として言語的な犬であり、昆虫あるいは鼠なのだ[14]。もろもろの系列を振動させ、語を未聞の内的強度のうえに開放すること、かんじんなのは言語の非有意的な強度的使用法なのである。さらには同様に、もはや言表行為の主体も、言表の主体もなく、犬としての言表の主体も、人間「のよう」であり続ける言表行為の主体もない。コガネム

(13) カフカの研究者たちの解釈はこの点に関しては、メタファーを基準にしているので、なおさら嘆かわしいものだ。たとえばマルト・ロベールは、ユダヤ人は犬のようだということを想起させる。あるいはさらに「食うや食わずの芸術家が主題になることがあるが、カフカはこれを断食のチャンピオンにしたてあげる」(*Œuvres complètes*, Cercle du livre précieux, t. V, p. 311)。この文学機械の発想はあまりにも単純なものに見える。ロブ＝グリエは、カフカがあらゆるメタファーを破棄していることを強調した。

(14) 例えば一九〇二年「プラハ、消印、一二月二〇日」、ポラックへの手紙、*Correspondance*, pp. 26-27〔『手紙』、一二―一三頁〕を参照。

シ「のような」ものは言表行為の主体ではないし、言表の主体が人間であり続けるわけでもない。あるのは必然的に多数的あるいは集団的なアレンジメントのまっただなかに相互的な生成変化を形成する諸状態の行程だけである。

枯渇した語彙、不正確な構文法といったプラハのドイツ語の情況は、どのような点でこの使用法に好都合なのか。それがいかに多様であるにしても、「一言語の内的緊張」を表現する言語学的要素を、私たちは一般に強度的あるいはテンソル的と呼ぶことができよう。この意味で言語学者のヴィダル・セフィアは「ある観念の限界に接近し、あるいはそれを超えることを可能にするあらゆる言語的手段」を、強度的と名づけている。これは極点や、可逆的な向こう側とこちら側にむかう言語の運動を示しているのだ[15]。ヴィダル・セフィアはこのような要素の多様性をよく示しているが、それらは合言葉であったり、何らかの意味を帯びる動詞や前置詞であったり、代名動詞あるいはヘブライ語特有の強度的動詞などであったり、接続詞、感嘆表現、副詞、さらには苦痛を含意する用語であったりする[16]。同じく単語の内部のアクセントや、その不協和な機能を引き合いに出すこともできよう。ところでマイナー文学の言語は、これらのテンソルや強度的要素を特に発達させているように思われる。ヴァーゲンバッハは、チェコ語に影響されたプラハのドイツ語を分析した実に美しい文章で、その特性として次のようなことをあげている。前置詞の誤用、代名動詞の乱用、用途の広い動詞の使用（たとえば *Giben* が、「入れる、すえる、置く、持ち去る」といった系列に適用されて強度的になる)、副詞の増加と連続、苦痛を感じさせる含意の使用、単語の内的緊張としてのアクセントの重要性、内部の不協和としての子音と母音の配分。ヴァーゲンバッハは次のことを強調している。一言語のあらゆる窮乏性の特徴がカフカのなかに見出されるが、それは創造的に使用され、新しい簡潔さ、新しい表現性、新しい可塑性、新しい強度を創出するのである[17]。「僕の書く単語は、どれひとつとして、あるいはほとんど他の単語と協調しない、子音はたがいにきしみ合って屑鉄のような音を立て、母音は博覧会の黒人のように歌を歌う[18]」。言語はもはや表象的なものではなく、みずからの極点あるいは限界に接近する。言葉がグレゴールの痛ましい鳴き声に、あるいはフランツの「一息の、単音の」叫びに変わるときのように、苦痛の含意はこの変身を引き起こすのだ。ゴダールの映画で話されるようなフランス語の使い方を思ってみよう。この場合も紋切型の副詞や接続詞が重ねられ、これが文章をまるごと構成するようになる。つまり奇妙な窮乏性の

(15) Cf. H. Vidal Sephiha, « Introduction à l'étude de l'intensif », in *Langages*. 私たちはテンソルという語をJ－F・リオタールから借りているが、彼は強度とリビドーの関係を示すためにこれを用いている。

(16) Sephiha, *ibid.*(「苦しみ、痛み、恐れ、暴力などの否定的観念を伝えるあらゆる言い方は、そうした観念から解き放たれて、その限界的、すなわち強度的価値だけを保留することがありうる。たとえばドイツ語の *sehr*(とても)は、中高ドイツ語の *sêr*(痛ましい)から来ている」)。

(17) Wagenbach, pp. 78-88 (特に 78, 81, 88)。〔ヴァーゲンバッハ、七八―八八頁(特に七八、八一、八八頁)〕

(18) *Journal*, p. 17.〔『日記』、一九一〇年一二月一五日、二三頁〕

せいで、フランス語はフランス語のなかのマイナー言語になってしまう。それは語をイメージにじかに接続する創造的手法であり、系列の最後に現れて、限界の強度的要素と関係する方法である。「もうたくさん、たくさん、うんざり」。普遍化した強度化は、パン・ショットと合体し、カメラは移動することなく回転しスキャンし、イメージを振動させるのである。

おそらく言語の比較研究よりも興味深いのは、ある同一の集団に対して、異なる言語を通じて作用しうる言葉の諸機能の研究である。つまり二国語使用あるいは多言語使用のことである。というのも異なる言語において体現しうる諸機能の研究だけが、直接に社会的要素や、力関係や、実に多様な権力の中心を考慮に入れるからである。それは「情報に関する」定見をまぬかれ、言語の階層的かつ強制的な体系を、命令の伝達、権力の行使あるいはこの行使への抵抗として見積もることになるのである。ファーガスンやガンパーズの研究に依拠しながら、アンリ・ゴバールは四重の言語学モデルを提案している。(1)地方共同体あるいは地方的起源の母語的あるいは領土的な土着言語、(2)都市圏の、国家的あるいは世界的でさえありうる共通言語、社会、商取引、役所の伝達等々の言語、これは最初の脱領土化をおこなう言語である、(3)文化的再領土化をおこなう参照言語、意味そして文化の言語、(4)もろもろの文化の地平線にある神話言語、精神的あるいは宗教的再領土化の言語。これらの言語の空間-時間的カテゴリーはおよそ次のように異なる。土着言語はここ、共通言語はどこでも、参照言語はあそこ、神話言語は彼方である。しかしとりわけこうした言語の区分は集団によって異なり、同一の集団にとっても時代によって変化する（ラテン語は長い間ヨーロッパでは共通言語であったが、やがて参照言語となり神話言語となった。英語は今日世界的な共通言語である）[19]。ある言語で言えることが別の言語では言えない。そして言えることと言えないことの総体は、それぞれの言語によって、言語間の関係によって必然的に変化する[20]。そのうえこれらの要素は、事項にしたがって異なるあいまいな周縁、変動する区分をもちうる。一言語はある事項に関してある機能をはたし、別の事項に関しては別の機能をはたしうるのだ。それぞれの言語の機能は分割されて、多数多様な権力の中心をともなう。もろもろの言語の混沌があるだけで、言語の体系など存在しないのだ。フランス語でミサが行われることを嘆く原理主義者の怒りはわかる。ラテン語から神話的機能が奪われたというわけである。しかし教員資格者の協会はもっと

（19）Henri Gobard, « De la véhicularité de la langue anglaise », in *Langues mondernes*, janvier 1972 (et *Analyse tétraglossique*, à paraître).〔訳注：刊行予定となっているが、*L'Aliénation linguistique : analyse tétraglossique*, Paris, Flammarion, 1976 が存在し、ドゥルーズはこの本に序文を寄せている。「言語学の未来」岡村民夫訳、『狂人の二つの体制　一九七五—一九八二』河出書房新社、二〇〇四年、所収〕

（20）ミシェル・フーコーは、ある時期ある言語において言えることと言えないこと（たとえそれを為すことができるとしても）の配分の重要性を強調している。ジョルジュ・デヴリュー（H・ゴバールが引用している）は、アメリカ先住民モハヴの若者の事例を分析している。彼らは土着言語ではおおっぴらに性について語るのに、英語という彼らにとっての共通言語では語れないのだ。それは単に英語の教師が抑圧的役割を行使するからではなく、ここには諸言語そのものの問題がある（cf. *Essais d'ethnopsychiatrie générale*, tr.fr, Gallimard, pp. 125-126）。

遅れていて、ラテン語から文化的参照言語の役割さえも奪われたことを嘆いている。こうして彼らは、この言語を通じて行使されていた聖職者や教育者の権力形態を懐かしがっているのだ。今日では別の形態がそれにとって代わっている。いろいろな集団に浸透するもっと深刻な例もある。地方語や方言、つまり土着言語による再領土化をともなう地域主義の復活であり、これは世界的または超国家的なテクノクラシーに寄与し、また革命的運動にも寄与する。なぜなら後者もまた復古主義を含んでおり、それに現代的意味を注入しているだけだからである……。セルヴァン＝シュレベール[*11]からブルターニュの吟遊詩人、カナダの歌手まで。そして分割線はそこにあるわけではない。なぜならカナダの歌手だって、もっとも反動的な、もっともオイディプス的な再領土化をやってのけるかもしれないからだ。おおママン、ああわが祖国、なつかしい小屋、オーレ、オーレ。私たちが強調しているのは、言語学者が知らず、知ろうともしないひとつの混沌、紛糾の歴史、政治的事件なのだ。というのも言語学者として彼らは「非政治的」で無害な学者だからだ。チョムスキーさえも彼の学者としての非政治性を、ヴェトナム戦争に対する勇敢な闘争によって償っているだけである。

ハプスブルグ帝国の情況に戻ろう。帝国の解体と没落は危機を倍増し、いたるところで脱領土化運動を強化し、複雑な、復古主義的、神話的、象徴主義的再領土化を促進した。カフカの同時代の人々のあいだの混乱を例にとってみよう。アインシュタインと彼のもたらした宇宙の表象の脱領土化（アインシュタインはプラハで教育し、物理学者フィリップ・フランクはここで講演し、カフカもそれを聞いていた)。オーストリアの十二音技法の作曲家たちと、彼らのもたらした音楽的表象の脱領土化(ヴォイツエックにおけるマリーの死の叫び、あるいはルルの叫び、あるいはシの音の反復は、いくつかの点でカフカに近い音楽的方向をいくものと思われる)。表現主義の映画と、それがもたらしたイメージの脱領土化と再領土化の二重の運動(チョコ出身のロベルト・ヴィーネ、ウィーン生まれのフリッツ・ラング、パウル・ヴェゲナーとプラハの主題の使用)。もちろんウィーンの精神分析、プラハの言語学をつけくわえなければならない。[21]「四種の言語」に関して、プラハのユダヤ人の特別な状況とはどういうものだろうか。田舎の環境からやってきたユダヤ人にとって、土着言語とはチェコ語であるが、チェコ語は忘却され抑圧される傾向がある。イディッシュ語はといえば、しばしばこれは嫌悪され恐れられる。カフカが言うように、それは恐怖させるのだ。ドイツ語は都市の共通言語であり、国家官僚の言語、商取引の言語である(しかしすでに英語はこの機能にとって不可欠なものになり始めている)。ドイツ語はまた、特にゲーテのドイツ語をとってみれば、文化的参照的役割をもっている(この点についてはフランス語が副次的な

(21) プラハのサークル、その言語学における役割については *Change*, nos 3, 10 を参照。(実はプラハ学派が形成されたのは一九二六年のことである。しかしヤコブソンが一九二〇年にプラハに来たときにはすでにマテジウスの率いるチェコ学派があり、これはドイツ語の大学で教えていたアントン・マルティとも関係があった。カフカは一九〇二年から〇五年にかけて、ブレンターノの弟子であったマルティの講義を聴講し、ブレンターノの信奉者の集まりにも参加した)。

役割をもっている)。神話言語としてのヘブライ語はと言えば、シオニズムの初期でもあり、まだ積極的な夢想の状態にある。これらの言語のそれぞれについて領土性、脱領土化、再領土化の要素を推定しなければならない。カフカ自身の立場としては、彼はプラハにおいてチェコ語を理解し話す稀な作家のひとりである(そしてこの言語はミレナとの関係において重要な意味をもっている)。ドイツ語はゲーテという後ろ盾もあって、まさに共通言語と文化言語の役割を果たすのである(カフカはフランス語、イタリア語、おそらく英語も少し解した)。ヘブライ語を学ぶのは、たいぶ後になってからだ。複雑なのは、カフカとイディッシュ語との関係である。それはユダヤ人にとって一種の言語的領土性というよりは、むしろドイツ語に作用する遊牧的脱領土化の運動と感じられたのである。彼にとってイディッシュ語の魅力は、宗教的共同体の言語であることよりも、民衆演劇の言語であるということである(カフカはイサック・レーヴィの巡業劇団のパトロンとマネジャーを引き受けた)[22]。カフカが公的な集まりで、イディッシュ語に反感をもつブルジョアユダヤ人の聴衆にイディッシュ語を紹介している様子は、実に注目すべきである。この言語は、嫌悪を催させるより以上に恐怖させる。「ある種の不快感と入り混じった恐怖」である。この言語には文法がなく、盗まれ移動し移民した語彙、放浪民となり「力関係」を内面化するようになった語彙によって生きのびている。それは中高ドイツ語に接ぎ木された言語であり、内部からドイツ語に顕著な影響を与えたので、それをドイツ語に翻訳するには、ドイツ語を廃絶しなければならないほどである。イディッシュ語を解するには、それを心から「感じ」なければならない。要するにそれは強度の言語であり、ドイツ語が強度的に使用されたものであり、言語あるいはマイナー的使用法として、みんなを引きずり込むことになる。「まさにこのとき、あなたがたはイディッシュ語の正真正銘の一貫性を感じとり、それがあまりに強烈なので恐怖を覚えるのですが、もはやイディッシュ語が怖いのではなく、あなた方自身が怖いのです。(…)思う存分お楽しみを!」[23]

カフカはチェコ語による再領土化のほうにむかうのではない。またヘブライ化の傾向さえもち、夢幻的、象徴的、神話的な誇張をともなうドイツ語の超文化的使用にも引かれはしない。それはプラハ派にみられたものだ。また口語的民衆的なイディッシュ語にも引かれない。しかしイディッシュ語の体現するこの方向を彼は別のやり方で採用し、ひとつの独創的で孤独な文体に転換するのだ。なぜならプラハのドイツ語は、いくつかの点で脱領土化されており、強度においてより進化しているのだが、それはつまり新たな簡潔性、新たな前代未聞の矯正、無慈悲な修正の方向であり、

(22) カフカとレーヴィおよびイディッシュ演劇との関係については、次を参照。Max Brod, pp. 173-181〔マックス・ブロート、一二二―一二八頁〕、Wagenbach, pp. 163-167〔ヴァーゲンバッハ、一六六―一七二頁〕。このマイム－演劇では、うなだれ、もたげた頭が、しばしば登場する。

(23)「イディッシュ語に関する演説」、『手帳』より、*Œuvres complètes*, Cercle du livre précieux, t. VII, pp. 383-387.〔『決定版カフカ全集3』飛鷹節訳、三一二―三一五頁〕

頭をもたげることなのである。分裂的な折り目正しさ、真水を飲んで酩酊すること[24]。ドイツ語は逃走線にそって走りはじめる。絶食によって満たされる。プラハのドイツ語から、それが隠そうとしているあらゆる未発達の部分がもぎとられ、このドイツ語は叫びをあげるが、その叫びは実に簡潔で厳密である。そこから犬の吠え声、猿の咳、コガネムシの羽音が抽出される。叫びの構文法が生まれ、この枯渇したドイツ語の硬直した構文法と結合される。それはもはや文化や神話によって補償されることのない脱領土化にまで推進されるのだが、この脱領土化は、たとえゆるやかで、粘着質で、凝固したものであろうとも、絶対的である。ゆるやかに、徐々に、言語を砂漠にもっていくこと。叫ぶため、叫びに構文法を与えるために、構文法を用いること。

偉大なもの、革命的なものは、ただマイナーなものだけである。あらゆる巨匠の文学を嫌悪すること。カフカは従者や使用人に引きつけられる（同じくプルーストも従者と彼らの言葉に魅せられる）。しかしさらに興味深いのは、自分自身の言語を唯一のものと仮定し、それがメジャーな言語であるとしても、あるいはそうであったとしても、この言語のマイナーな使用法を作り出すことである。まるで外国人のようにして、自分自身の言語のなかに存在することである。これこそがカフカの〈偉大な水泳選手〉の立場である[25]。たったひとつであっても言語とは混沌であり、分裂症的な混合であり、アルルカンの衣装のようなもので、それを通じて言葉の実に多様な機能と権力の異なる中心が実現され、言えることと言えないことが配分されるのである。ある機能を別の機能に対抗させるように用い、領土性と脱領土化のもろもろの相対的要素を作用させること。メジャーな言語であっても、それは自身を創造的な逃走線にしたがって走らせる強度的使用法を受けつけ、どれほどゆるやかで慎重にではあっても、ついには絶対的脱領土化を形成するのである。たくさんの創意があって、それは単に語彙に関することではなく、かんじんなのは語彙ではなく、簡素な構文法の発明であり、犬のように書くためなのである。（けれども犬は書いたりしません。もっとも、もっともです）。アルトーがフランス語に対してやったこと、叫び－呼吸。別の方向でセリーヌがフランス語にもたらしたこと、極端な感嘆文。セリーヌの構文の歩み。『夜の果てへの旅』から『なしくずしの死』へ、『なしくずしの死』から『ギニョルズ・バンドI』へ（その後セリーヌは、自分の不幸の話以外には何も語ることがなくなった、つまりもう書きたいことがなく金が必要だっただけだ。そして言葉の逃走線というものは、いつもこんなふうに終わる。沈黙、途絶、あるいは果て

（24）カフカの散文について、ある雑誌の編集長は言った「それは身だしなみのいい子供の清潔な雰囲気をもっている」（cf. Wagenbach, p. 82〔ヴァーゲンバッハ、八二頁〕）。

（25）「偉大な水泳選手」は、おそらくカフカの作品でいちばんベケット的なものである。「私は確かに自分の国にいて、全力をつくしているにもかかわらず、あなたが話している言葉がひとつも理解できないと言わねばなりません」（*Œuvres complètes*, Cercle du livre précieux, t. V, p. 221）。〔訳注：旧訳書の訳注で指摘されていたように、「偉大な水泳選手」は、「断片――ノートおよびルース・リーフから」（飛鷹節訳、『決定版カフカ全集3　田舎の婚礼準備、父への手紙』、新潮社、一九八一年、二三八頁）所収の断片の冒頭であるが、著者たちが参照した *Œuvres complètes*, Cercle du livre précieux, t. V では断片そのもののタイトルになっている。〕

しない持続、あるいは最悪のほうへ。それにしても、その間になんというすさまじい創造、なんという書く機械！　セリーヌが『旅』において、あんなにも遠くまで行ったことを私たちはやはり讃えたのだ。さらに『なしくずしの死』と『ギニョルズ・バンド』において、言語にはもはや強度しかなかった。彼は「ちっぽけな音楽」について語っただけだ。カフカもまたちっぽけな音楽を、やはり脱領土化した音で別の音楽を、まっさかさまに飛び込んで逃走する言葉を書いたのだ）。彼らはほんとうのマイナーな作家である。言葉、音楽、書くことにとっての出口。ポップと呼ばれるもの、ポップミュージック、ポップ哲学、ポップ文学、言葉の逃走（Wörterflucht）。自分の言語において多言語主義を採用すること、自分の言語のマイナーな、あるいは強度的な使用法を見出すこと、この言語において制圧されてきた特性を、制圧者の特性に対立させること、一つの言語が脱走し、動物が移植され、アレンジメントが連結される非文化、未発達の地点を、言語にとっての第三世界地帯を発見すること。たとえささいなものでも、なんと多くの文学の文体、ジャンル、あるいは運動の夢が、ただひとつにきわまることか。つまり言葉のメジャーな機能を実現すること、国家言語、公的言語として奉仕することなのだ（今日の精神分析はシニフィアン、メタファー、駄洒落のマスターであろうとしている）。真逆の夢を見ること、〈マイナーになること〉を創造しうること（哲学にもその機会はあるのだろうか。長いあいだ公的かつ参照のためのジャンルを形成してきた哲学に。反哲学が権力の言葉であろうとしている今日こそ逆に好機である）。

第4章　表現の構成要素

私たちは単純な形式的対立から出発した。内容の形式としてのうなだれた頭－もたげた頭、表現の形式としての写真－音という対立である。これらは欲望の状態あるいは形象でもある。しかし音は形式的要素として作用することはないように思われた。むしろ表現の積極的な解体を引き起こし、反作用によって内容そのものの積極的な解体を引き起こすのである。こうして音は、その「逃走」の仕方において、もたげた頭の新しい形象を生み出し、これは真っ逆さまの姿勢になったりする。そして動物は単にかがめた頭（あるいは食べる口）のほうに所属するだけでなく、この同じ音、この同じ音調は〈動物になること〉を導き、もたげた頭にそれを結びつけるのである。したがって私たちは、内容の諸形式と表現の諸形式という二種類の形式のあいだの構造的対応ではなく、ひとつの表現機械に直面しているのであって、この機械はそれ自身の諸形式を解体し、内容の諸形式をも解体し、同じ強度の素材において表現と一体である純粋な内容を解放するのである。メジャーな、あるいは確立された文学は、内容から表現にむかうベクトルに沿って進むものである。内容は既成の形式において与えられており、それに適合する表現形式を見つけ、発見し、観察することが問題なのだ。よく認知されたことだけが言表される……。ところがマイナーな、あるいは革命的な文学は、言表することから始めるのであって、観察し認知するのはあとになってからである（「私は言葉を見るのではなく、考え出すのだ」[1]）。表現は形式を破壊し、断絶や新たな分岐点を示すのである。一つの形式が壊されると、物事の秩序と必然的に断絶することになる内容を再構築しなければならなくなる。素材をまき込み、凌駕すること。「芸術はときに時計のように進む鏡である」[2]。

カフカにおけるこの文学機械、執筆あるいは表現の機械の構成要素とはどんなものだろうか。

I 手紙

どんな意味で、手紙は十全に「作品」の一部をなすといえるのか。実際、作品は刊行の意図によって定義されるものではない。明らかにカフカは手紙を刊行することなど考えもしないし、むしろ反対に自分の書くものをすべて、手紙であるかのように、破棄しようと思っている。もし手紙が十全に作品の一部であるとすれば、それは手紙が不可欠の歯車であり、カフカの考える文学機械の原動力のようなパーツであるからだ。たとえこの機械は「流刑地」の機械のように消滅し、あるいは爆発してしまう定めであるとしても。手紙を書く動機が介入しなければ、カフカの機械は成立しえなかった。おそらく手紙と、その要求、その潜勢力、その不十分さとの関連で、他のパーツも組み立てられたのだ。先人の手紙を読んでカフカは熱中していた（フロベール、クライスト、ヘーベル）。しかしカフカ自身が生き体験するのは、手紙というものの倒錯的な悪魔的使用法なのである。「まったく潔白でありながら悪魔的」とカフカは言う。手紙は直截に、潔白なままに、文学機械の悪魔的力能を提示するのだ。手紙という機械を組み立てること、それは誠実不誠実の問題ではまったくなくて、機能の問題である。しかじかの女性への手紙、友たちへの手紙、父への手紙。しかしながらもろもろの手紙の地平線には、ひとりの女性がいて、彼女こそがほんとうの宛先であり、父のせいで自分は彼女とうまくいかず、友人たちは自分が彼女と別れることを願っている、等々。恋文を恋のかわりにする（？）恋愛を脱領土化すること。それほどまでに危惧された夫婦の契約のかわりに、悪魔との協定を結ぶこと。手紙はこのような協定と切り離すことができず、この協定その

（1）*Journal*, p. 17.〔『日記』、一九一〇年一二月一五日、一二三頁〕
（2）Gustav Janouch, p. 138〔ヤノーホ、一三五頁〕（そしてp. 143〔一五七頁〕：「形式とは内容の表現ではなく、内容を誘発するものである」）。

ものである。いかにして「手紙を書きながら、娘たちを縛りつけておくか」[3]。カフカはワイマールのゲーテハウスの門番の娘と知り合ったばかりである。二人は写真をとって送り、葉書を書きあう。カフカは若い娘が「彼の望みどおりに」書いてよこすことに驚くが、それをまじめに受け取ることはせず、「見せかけ」としか思わない。すでにここにはすべてがそろっているが、まだ完璧というわけではない。ゲーテが参照されるのは、つまりカフカがそんなにゲーテを評価するのは、「巨匠」としてだろうか、それともグレートヒェンの運命を巻き添えにするファウストの悪魔的協定の作者としてだろうか。文学機械の諸要素はまだ万全ではなく、十分効果的でないとはいえ、すでにこれらの手紙のなかにそろっている。葉書に印刷された紋切型の写真、その裏側に書かれた文章、逃走する音、小声で単調に読む音、強度。フェリーチェと最初に出会ったとき、カフカは彼女にワイマールから届いたこういう写真や葉書を見せるのである。あたかもこれを利用して、こんどは新しい回路を設け、事態がもっと本格的に運ぶようにしたようなのだ。

　手紙とはリゾーム、組織網、蜘蛛の巣である。手紙をむさぼる吸血鬼、文通に固有の吸血鬼性が存在する。菜食主義のドラキュラ、肉食する人間たちの血を吸う絶食者が、すぐ近くの城に住んでいる。カフカのなかにはドラキュラが、手紙によるドラキュラが住んでいて、手紙は蝙蝠のようなものだ。夜のあいだ彼は眠らず、昼は彼の事務所－棺のなかに閉じこもっている。「夜は、十分に夜ではない……」[*1]。彼が想像する口づけは、妹の剝き出しの首によじ登るグレゴールの口づけであり、「やっと見つけた泉に舌を鳴らして飛び込む渇いた獣のように」[*2]、Kがビュルストナー嬢にする口づけなのである。フェリーチェに対しては、恥もなく、冗談でもなく、自分自身のことを極端に痩せていて血を必要とすると説明している[*3]（僕の心臓は「あまりに弱くて、足の先まで血液をとどかせることができない」[*4]）。カフカ－ドラキュラは部屋のなかに、ベッドの上に、逃走線を備えていて、彼の力の源泉ははるか遠くの、手紙が彼に運んでくるもののなかにある。彼が懸念するのは二つのことだけ、家族という苦難の十字架とニンニクの匂う夫婦生活である。手紙が彼に血をさずけなければならず、血が彼に創造力をもたらさなければならない。彼は女性の与える霊感や母性的庇護をもとめるわけではなく、書くための体力を必要としているだけである。文学的創造に関して彼が語るのは、それが「悪魔に仕えることの報酬」[*5]であるということだ。カフカは彼の拒食症の痩せた体を恥と思ってはいないのであって、そういうふりをしているだけだ。彼はその体を、部屋のベッドに横になって、もろもろの閾と生成変化を通過していくための手段としていて、それぞれの器官は「特別な監視のもとにおかれている」[*6]のである。その条件は、彼に少々の血が与えられることなのだ。血の循環のためには、手紙の循環が必要である。フェリーチェと最初に出会ったときから、菜食主義のカフカは彼女の血色のいい、たくましい腕に引きつけられ、肉食に好都合な大きな

（3）Lettre à Brod, *Correspondance*, p. 122.〔ブロートへの手紙、一九一二年七月〔一三日〕、『手紙』、一〇五頁〕

歯におそれをなしている。フェリーチェは危惧を覚えている。自分はあまり食べない方だとはっきり言っているからだ。しかしカフカは観察したあげくに、書くこと、フェリーチェに思う存分手紙を書くことを決めるのだ。[4] ミレナへの手紙は、少しちがうものである。夫が背後にいるので、その愛はずっと「慇懃な」ものだった。カフカは多くのことを学び、実験したのである。彼自身が示唆しているように、ミレナのなかには死の天使が住んでいた。文通相手というよりも、共犯者だったのだ。カフカは彼女に手紙というものの劫罰について、幽霊との避けられない関係について説明している。この幽霊は彼らに託された愛撫を途中で飲み込んでしまうのである。「魂の分散」。そしてカフカは、技術の発明について二つの系列を区別している。距離を乗り越えて人間同士を近づけ、「自然な関係」を再構築しようとするもの（列車、自動車、飛行機）、そして幽霊の吸血鬼的な復讐を代表し、あるいは「人間のあいだに存在する幽霊的なもの」を招き入れるもの（郵便、電信、無線）である。[5]

それにしても手紙は、どのように機能するのだろうか。おそらくジャンルの特性として、手紙というものは、二つの主体という二重性をもっている。さしあたって大まかに、表現の形式として手紙を書く言表行為の主体と、内容の形式として手紙が話題にする言表の主体を区別することにしよう（たとえ私が私について語るとしても……）。まさにこの二重性について、カフカは倒錯的、あるいは悪魔的な使用法を実践するのである。言表行為の主体が、自分自身の到着を知らせるために手紙を役立てるのではなく、架空の、あるいは見せかけにすぎない移動そのものを言表の主体が引き受けることになる。手紙を送ること、手紙の輸送路、配達人の走り方や身振りなどが、本人が実際に到着することに置き換わってしまうのである（配達人や使者の重要性はこれが理由であり、彼らは自分自身の分身を生み出す。『城』のなかで、紙のように体に密着する服を着た二人の使用人のように）。まさにカフカ的な愛の実例がここにある。ある男が一度しか会ったことのない女に夢

（4）私たちは、吸血鬼と手紙に関するクレール・パルネの未刊の研究を参照している。そのなかではまさにカフカ－ドラキュラの関係が分析されている。Elias Canetti, *L'Autre Procès, lettres de Kafka à Felice*, tr. fr. Gallimard〔エリアス・カネッティ、『もう一つの審判――カフカのフェリーチェへの手紙』小松太郎／竹内豊治訳、法政大学出版局、一九七一年〕に引用されているすべての手紙を参照。しかしこの文章を書いたにもかかわらず、カネッティはこのような吸血鬼的プロセスに注目していないようで、カフカの自分の体に対する恥について、屈辱や、苦悩や、防御の必要について語っている。

（5）『ミレナへの手紙』（*Lettres à Milena*, p. 260〔二〇〇頁〕）のなかに素晴らしい文章がある。話すための機械、書くための機械は、あらゆる面で、官僚制、商業、エロティシズムという点でもカフカを引きつける。フェリーチェは「録音機」の企業で働き、そこの上司になった。録音機をホテル、郵便局、列車、船、気球などにすえつけようとして、さらにはそれをタイプライターや、「回転動画装置」〔訳注：著者たちが参照する仏訳では« praxinoscope »だが、旧邦訳の訳注でカフカの原文は» Grammophon «と指摘されている〕や、電話などと連結しようとして、カフカは熱中しながら助言し提案するのである。カフカは明らかに魅了されているが、こうしてフェリーチェが泣きたくなっているときに彼女を慰めているつもりなのだ「僕はきみの問題のために夜を徹して頑張ります。詳しい返事をよこしてください……」（*Lettres à Felice*, I, Gallimard, pp. 297-300〔『決定版カフカ全集10　フェリーチェへの手紙(I)』城山良彦訳、新潮社、一九八一年、二三八―二四一頁（一九一三年一月二二日から二三日）〕）。商業的技術的な事柄に大いに情熱を傾けて、カフカは悪魔的な発明の部類を、有益な発明の善良な部類のほうに誘導しようとする。

中になる。おびただしい数の手紙。彼は決して「来る」ことができず、トランクいっぱいの手紙にしがみついたままだ。決裂をしるす最後の手紙のあくる日の夜、田舎の自分の家に戻った彼は、配達人を踏みつけにする。フェリーチェへの手紙は、この〈来ること〉の不可能性で充満している。手紙の奔流が、実際に見ること、来ることにとって代わるのだ。カフカは、まだ一度しか会っていないフェリーチェに手紙を書き続ける。全力でひとつの協定を結ばせようとする。一日に二回彼に手紙を書くことである。これが悪魔的協定というものである。ファウストの悪魔的協定は、夫婦的契約の親密性とは反対の遠くにある力の源泉から引き出される。まず言表すること、後になってから、または夢のなかで反芻すればいい。カフカは夢に見るのだ。「階段全部が上から下まで、すでに読んだあの便箋の厚い束で覆われていた、(…) 欲望が正夢になっていた[6]」。手紙を書いて、相手から手紙をもぎとろうとする狂気じみた欲望。手紙の欲望とはしたがって、第一の特徴をあげれば、このようなものである。それは運動を言表の主体に転移させ、言表の主体に見せかけの運動を、つまり便箋の移動を委ね、言表行為の主体に対しては、ほんとうの運動をすべて免除するのである。「田舎の婚礼の準備」のように、言表行為の主体は、昆虫みたいにベッドに横になったままでいられる。彼はちゃんと服を着た自分の分身を手紙のなかで、手紙を通じてよこすからである。二つの主体の二重性のこのような交換あるいは反転、通常は言表行為の主体のものである現実の運動を引き受けてしまう言表の主体は、ある種の分化を引き起こすのである。そしてこの分化こそがすでに悪魔的であり、〈悪魔〉とはこの分化そのものなのだ。ここにカフカにおける分身の由来のひとつが見つかる。「失踪者」という『アメリカ』の最初の草稿は二人の兄弟を登場させ、「ひとりはアメリカに旅立つが、もうひとりはヨーロッパの監獄に残っていた」[7]のである。そして「判決」は全体として手紙の主題をめぐるもので、父親の商店にとどまる言表行為の主体を登場させ、ロシアの友人のほうは単に宛先としてではなく、おそらく手紙の外部には存在しない言表の潜在的主体としても登場するのだ。

マイナーなジャンルとしての手紙、欲望としてのもろもろの手紙、手紙の欲望は第二の特性をもっている。言表行為の主体の最も深いところにある恐怖の正体は、外部にある障害として示されるが、手紙に託された言表の主体は、たとえ死ななければならないとしても、なんとしてもこの障害を克服しようとするのである。それは「ある戦いの記録」と名づけられる。カフカにとってあらゆる夫婦関係はおぞましい。彼がこの恐怖を、もろもろの障害の地勢図に変える操作は驚異的である（どこへ行くか、どうやって来るか、プラハか、ウィーンか、ベルリンか）。彼は測量者なのだ。彼が番号をふった条件のリストを列挙するというもうひとつの操作を行うときも、同じくらい

（6）*Lettres à Felice*, I, Gallimard, p. 117.〔『フェリーチェへの手紙(I)』、八七頁（一九一二年一一月一七日）〕
（7）*Journal*, pp. 32-33.〔『日記』、一九一〇年一一月一九日、三一―三二頁〕

驚異的である。言表の主体は結局このリストによって恐怖を振り払うことができると仮想するのだが、言表行為の主体におけるこの恐怖がまさにこういう諸条件を思いつかせたのだ（クライスト風のプログラム、あるいは人生の設計）。実にまわりくどく、ユーモアそのものだ。愛の国の地図[*7]と結婚祝い品の目録というブラックな二重の反転。この方法はいくつか強みをもっている。言表行為の主体の潔白性が確かになるのである。彼はどうすることもできないし、何もしなかったからである。同じく言表の主体の潔白性も確かになる。彼はできることは全部やってみたからである。そして第三者、宛先となる人物の潔白性さえも（きみさえも、フェリーチェ、潔白なのです）。しかも結局この方法は、これらの審級のひとつが、あるいは全員が有罪である場合よりも、なおさら事態を悪化させる。これが「父への手紙」で勝ちをおさめる方法なのだ。——誰もが潔白、これは最悪の事態である。「父への手紙」は、書くことの機械によってオイディプスと家族を祓いのけ、同じくフェリーチェへの手紙は夫婦関係を祓いのけるのである。ソフォクレスを演じる代わりにテーベの地図を作ること、運命と戦うかわりにもろもろの障害の地勢図を作ること（運命のかわりに宛先を設けること）。手紙が著作の一部であるかどうか、著作のなんらかの主題の源泉であるかどうか問うている余地はない。手紙は全面的に書くことの機械、表現の機械の一部をなしているのだ。まさにこのように手紙全般を、それが著作の外部であろうと内部であろうと、十全に〈書くこと〉に属するものと考えなければならないし、また長編小説のような一定のジャンルが、自然に書簡体の形式を採用したわけも理解しなければならない。

それにしても、第三の特性、この手紙の使用または機能は、見たところ有罪性が回帰してくるのを阻止するものではない。有罪性のオイディプス的な、家族または夫婦における回帰のことである。私は父を愛することができるのか。私は結婚することができるのか。私は怪物なのか。「まったく潔白でありながら悪魔的」、潔白でありながらも悪魔的であることが可能なのだ。これは「判決」の主題であり、愛する女たちとの関係において、カフカはつねにこの感情を抱き続ける[8]。彼は自分がドラキュラであることを知り、吸血鬼であり、蜘蛛とその巣であることを知っている。ただしそれぞれの観念を絶対に区別しなければならない。二つの主体の二重性と、それらの交換あるいは分化は、有罪性の感情を基礎づけて*いるように見える*。しかしここでも有罪者とは、厳密に言えば言表の主体なのだ。有罪性そのものは見せかけの、これ見よがしの運動にすぎず、内心に笑いを隠している(カフカと「有罪性」について、カフカと「法」等々についてなんとつまらないことが書かれてきたことか)。ユダヤ教とは包装紙のようなものだ。要するにドラキュラが自分を有罪と感じるなんてありえず、カフカが自分を有罪と感じるなんてありえず、ファウストは有罪ではなく、か

(8)「まったく潔白でありながら悪魔的」: *Journal*, p. 373.〔『日記』、一九一四年七月二三日、二九三頁〕。そして「判決」を参照。父は言う「おまえは、ほんとうは無垢な子供だったが、もっと深いところでは悪魔的存在だった。だから、このことをわきまえよ、いまこそ私はおまえを溺死刑に処す」。

といってそれは偽善だったわけではなく、彼らの〈問題〉はべつのところにあったからだ。悪魔的協定について、悪魔と結ぶ協定について、それが協定に署名し、協定を確立し、あるいは手紙を書く当人に罪悪感を吹き込むことができると信じてしまうなら、何も理解したことにならない。有罪性とは外部からやってきて、弱い魂に襲いかかり食い込む審判の言表にすぎないのだ。弱さ、おお、私の弱み、私の過失、それは言表の主体としてのカフカの見せかけの運動にすぎない。反対に砂漠のなかにいる言表行為の主体として、彼は力をもっている。しかしこれで一件落着というわけではなく、それで救済されるわけではない。なぜならば、もし有罪性が見せかけの運動でしかないとすれば、それは厳密にはまったく別の危険、別の問題の指標として振りかざされるのだ。ほんとうに恐ろしいのは、手紙を書く機械が、機械工に歯向かうときである。「流刑地にて」を読むこと。悪魔的協定の、悪魔的潔白性の危険とは、決して有罪性ではなく、リゾームにおける罠、袋小路、あらゆる出口の封鎖、いたるところふさがった巣穴なのだ。恐怖というもの。悪魔自身が罠にはまること。こうして人は再オイディプス化されるが、それは有罪性ではなく疲労のせい、工夫しなかったせい、自分が不用意に解放したもののせい、写真、警察のせい、つまりはるか遠くの悪魔的勢力のせいなのだ。このとき潔白性はもはや何の役にも立たない。潔白な悪魔性という定式によって人は有罪性から救われるが、協定のフォトコピーや、その結果としての処罰から救われるわけではない。危険なのは神経症としての、状態としての有罪性の感情ではなく、『審判』〔訴訟〕としての有罪性の判定である。そしてこれが手紙の運命的な出口なのだ。父への手紙とはすでにカフカを再び閉じ込める訴訟である。フェリーチェへの手紙は、「ホテルでの訴訟」として、法廷、家族、友人たち、弁護、弾劾などとともに、矛先を変えてくる。カフカは初めからそれを予感している。彼はフェリーチェに手紙を書き始めるのと同時に、「判決」を書くのだ。ところが「判決」が示しているのは、手紙機械が書き手を罠に陥れるという大いなる恐怖なのだ。父は、まず宛先のロシアの友人が実在することを否定してかかる。後で友人の存在を認めるのだが、それはこの友人が実は父当人にたえず手紙を書いていたことを暴露するためである。それは息子の裏切りを糾弾するためだった（手紙の流れは方向を変えて敵対する……）。「おまえの汚らわしい手紙……」。『城』の役人ソルティニの「汚らわしい手紙」……新たな危険を祓いのけるために、カフカはたえず足跡をかき消し、さらに手紙を送り、彼が送ったばかりの手紙を書き直し、打ち消すのだが、それゆえフェリーチェはいつも遅れて返事をよこすのである。しかし運命が逆に敵対してくることは決して避けられない。カフカは潔白なままにフェリーチェと別れるが、打ちのめされている。彼にとって手紙は不可欠な部品であり、十全に書くための肯定的な（否定的ではない）動力であったが、彼自身は書く欲求を喪失し、四肢は罠に引き裂かれ、その罠に閉じ込められそうになっている。「潔白なままに悪魔的である」という定式では、決して十分ではなかったのだ。

「この三つの強度的要素は、なぜカフカが手紙に熱中したのか示している。それには特別な感受性が必要である。私たちはただ、もうひとりの悪魔的人物プルーストの手紙と比較して見ることにしよう。彼もまた手紙によって、悪魔や幽霊と遠くからの協定を結び、夫婦の契約の親密性を壊そうとする。彼もまた書くことを結婚することと対立させる。ふたりの痩せた拒食症の吸血鬼は、かれらの手紙－コウモリを送ることによって血を補給するのである。大原則は同じである。あらゆる手紙は、見せかけにせよ、ほんとうにせよ、愛の手紙である。愛の手紙は引きつけ、反発し、非難し、妥協し、プロポーズするが、本性には何も変化がないのだ。手紙は悪魔との協定の部分をなし、神との、家族との、あるいは恋人との契約を祓いのけるのである。しかし、もっと正確にいえば、ふたつの主体の交換あるいは分化という手紙の第一の性格は、プルーストの場合にはまったく明らかで、言表の主体はあらゆる運動を引き受ける一方、言表行為の主体は蜘蛛のように巣の片隅に横たわったままなのだ（プルーストの〈蜘蛛になること〉）。第二にプルーストは、もろもろの障害の地勢図と条件のリストを、手紙の機能として実に高度なものにしたてあげるので、宛先の人物のほうは、手紙の書き手が自分に来てほしいと願っているのか、引きつけるために拒絶しているのか、それとも逆なのか、もはやわからなくなる。手紙は記憶的タイプのあらゆる認知を、夢や写真を免れて、選んだり避けたりすべき道の精密な地図となり、厳密に条件づけられた生の地図となる（プルーストもまた『城』の話に似て、近づくことも遠ざかることもない道の回りくどい測量士なのである）[9]。結局プルーストにおける有罪性とは、カフカと同じく表面でしかなく、言表の主体の表出あるいは見せかけの運動をともなうものにすぎない。しかしこの笑うべき有罪性の裏には、〈横たわったままの人物〉におけるずっと深刻なパニックがあり、喋りすぎたかもしれないという恐怖、手紙機械が自分に歯向かってくるという恐怖が、この機械によって祓いのけられるはずの事態に彼を突き落とすのである。この事態とは、増殖したささいな伝言や、ささやかな汚らわしい手紙が彼を閉じ込めてしまうという不安である。――アルベルティーヌにあてた信じがたい脅しの手紙、彼は彼女が死んだとは知らずにその手紙を出すのだが、手紙はジルベルトからの結婚を知らせる電報のかたちで彼のところにもどってくるので、彼はそれをアルベルティーヌからのものと思い込む。彼もまた疲労困憊してしまう。しかしプルーストとカフカのあいだに等しい吸血鬼性、等しい嫉妬はあっても、やはり差異は大きく、それは単にプルーストの社交的外交的なスタイルと、カ

(9)プルーストの手紙は、何よりもまず、社会的、心理的、身体的、地理的なもろもろの障害の地図である。そして文通相手が近くにいるときは、障害はなおさら大きくなる。ストロース夫人への手紙の場合このことは明白で、彼女はミレナのように、まさに〈死の天使〉の性格を帯びている。しかしさらにプルーストの若者への手紙は、場所に関する、また時間、手段、魂の状態、条件、変化に関する地勢図上の障害でみちみちている。たとえば、ある若者に対して、プルーストはもう彼にカブールに来てほしくない様子で、こう書くのだ。「あなたは自分がどうしたいか自由に決めていいのです。もしこちらに来るということなら、手紙を書かなくてかまいません。しかしすぐに到着するのなら電報をよこしてください。できれば、夕方の六時か、とにかく午後の遅くに着く汽車で、あるいは夕食後、あまり遅くならないように。しかし午後二時より前はいけません。あなたが他の誰にも会わないうちに会いたいからです。しかしあなたが来ることになれば、こういったことをすべて説明しましょう……」等々。

フカの法的好訴的スタイルのちがいではない。ふたりにとって重要なことは、夫婦関係の特徴であり、見ることと見られることとの状況を生み出す特別な親密性を、手紙によって回避することであること（フェリーチェが仕事中のカフカのそばにいたいと言うときカフカがどんなに困惑したかを参照すること）。この点で「夫婦関係」が正式のものであるかどうか、異性愛か同性愛かは重要なことではない。しかしカフカは親密性を祓いのけようとして、恋人との空間的距離、遠く離れた位置を維持し持続しようとする。だから彼は自分を囚われ人（自分の身体、部屋、家族、作品の囚われ人）とみなし、恋人に会うこと、あるいは落ち合うことを阻む障害を増やしていくのである[10]。プルーストの場合は逆で、同じように祓いのけようとする行為が別の方向で行われる。親密性を誇張し、それを監禁状態の親密性にまで強化して、知覚不可能なもの、不可視なものに到達するのである。プルーストの解決はまったく奇妙なものだ。過剰な接近によって、目の前に現れること、見ること等々の夫婦関係的状況を乗り越えるようとするのである。近くにいればいるほど、見えがたくなる。だからプルーストは牢番であり、恋人のほうはすぐ隣の牢獄のなかにいる。プルーストにとって手紙の理想は、ドアの下に滑り込んだ短い紙きれである。」

II　短編小説

あらゆる短編小説に動物が登場するわけではないにしても、短編小説は本質的に動物的である。

つまりカフカによれば、出口を見つけ、逃走線を引こうという短編小説の特権的目的に、動物は一致するのである。手紙は十分この目的にかなっていなかった。なぜなら悪魔は、また悪魔との協定は、逃走線をもたらすものではなく、逆に罠に陥り、私たちを罠に陥れる危険があるからだ。「判決」や「変身」のような短編小説を、カフカは、フェリーチェと文通を始めるのと同時に書くのだが、それは危険を想定し、あるいはそれを祓いのけるためだ。手紙の果てしない流れよりは、むしろ固く閉じた、死の危険のある短編小説を、というわけだ。手紙はおそらく原動力であり、それがもたらす血液によって、機械の全体が動作し始めるのである。しかし手紙とは別のものを書くこと、創造することが重要なのだ。この別のものは手紙を通じて予感されるのだが(犠牲者つまりフェリーチェの動物的な本性、手紙そのものの吸血鬼的使用法)、たとえいつまでも未完成なままだとしても、自立的要素においてでなければ実現されない。カフカが自分の部屋のなかで実践することは、動物になることであり、これは短編小説の本質的目的なのだ。最初の創造とは変身にほかならない。妻の目や、父や母の目さえも、決してその現場を見てはならないのだ。カフカにとって動物的本質とは、たとえその場や檻のなかに閉じ込められているとしても、出口であり、逃走線であると私たちは言いたい。出口であって自由ではない。生ける逃走線であって、攻撃ではない。

(10) 監獄について、cf. *Journal*, p. 33.〔『日記』、一九一一年一月一九日、三二頁〕

「ジャッカルとアラブ人」のなかで、ジャッカルは言う。「彼らを殺す必要はない。(…)彼らの生きている体を見るだけで、私たちは逃げ出したくなる。それを見ると、私たちはもっときれいな空気を求めたくなるし、そのせいで私たちは砂漠に避難し、そこが私たちの祖国となったのだ」。[*8] バシュラールはカフカをロートレアモンと比べるときには、カフカに対してまったく不当である。なぜなら何よりもまず彼は、動物的力学的本質とは自由であり攻撃であると主張しているからだ。つまりマルドロールの〈動物になること〉は攻撃であり自由であり、または無償であるからこそ残酷であるというのだ。しかしカフカについてこれはあてはまらない。まったく反対なのだ。バシュラールの考えは、自然そのものという観点からみるならば、もっと正当であると思える。彼の基準は、ロートレアモンの速度とカフカのゆるやかさを対照するところまで行きつく。[11] しかし動物を扱った短編のいくつかの要素を思い起こしてみよう。(1)ある動物がそれ自体として考察されている場合と、変身が起きる場合とを区別する余地はない。動物においてすべては変身であり、変身は、動物が人間になることと同時に人間が動物になることの回路のなかにある。(2)つまり変身は二つの脱領土化の連接のようなものであり、第一の脱領土化は人が動物に強制するもので、動物は逃走せざるをえなくなり、あるいは服従するのであるが、第二の脱領土化は動物が人間に提示するもので、人間だけでは思いつかない出口または逃走手段を示唆するのだ(分裂的逃走)。二つの脱領土化は、それぞれがもう一方に内在し、もう一方を加速し、閾を超えさせるのである。(3)

こうして重要なことは決して〈動物になること〉の相対的な緩やかさではない。なぜならどんなに緩やかでも、緩やかなだけ、それはやはり人間の絶対的脱領土化を構成するのであって、これは人が移動しながら、旅行しながら自分自身に生起させる相対的脱領土化に対立するものだ。動物になることは不動の、その場にとどまる旅であり、ただ強度において生きられ理解されるしかないのである（強度の閾をまたぐこと）[12]。〈動物になること〉には何も隠喩的なものはない。象徴性もアレゴリーもないのである。かといって、それは過失や不運の結果でもなく、有罪性の影響でもない。エーハブ船長の〈鯨になること〉についてメルヴィルが言っているように、それは「パノラマ」であって、「福音」ではない。それは強度の地図である。それは出口を探している人間に植えつけられ、それぞれに区別される諸

(11) Bachelard, *Lautréamont*, Ed. José Corti〔バシュラール『ロートレアモン』平井照敏訳、思潮社、一九八四年〕：ロートレアモンを参照する動物の特性としての純粋な行為、速度、攻撃、そして「生きる意志」の衰弱と解されたカフカの緩慢さについて、第一章を参照。

(12) カフカはしばしば二つのタイプの旅を対比した。ひとつは外延的な組織された旅である。もうひとつは強度の旅、残骸、座礁、断片からなる旅である。この第二の旅はその場で、「自分の部屋」のなかでする旅であり、それだけに強度な旅であるかもしれない。「この壁にむかって、あるいは別のあの壁にむかって寝そべっている。こうして窓があなたのまわりで旅をする。（…）私はただ散歩道を作らねばならないだけだ。それで充分としなければなるまい。逆を言えば、世界に私が散歩できない場所など存在しない」（*Journal*, p. 13）。強度のアメリカ、もろもろの強度の地図。〔『日記』、一九一〇年七月一九日、日曜日、一九頁〕

状態の集合なのである。それは創造的な逃走線であり、ただそれ自体を意味しているだけだ。手紙とは違って、〈動物になること〉は言表行為の主体と言表の主体という二重性から何も存続させることはなく、主体性にとって代わるただひとつの同じ訴訟を、ただひとつの同じプロセスを構成するのである。それでも〈動物になること〉が、とりわけ短編小説の目的になるとすれば、こんどは短編小説において不十分なことは何か問わなくてはならない。カフカの展望からして、短編小説はいかに文学的に見事なものだとしても、二つの側面においてそれを失敗させる二者択一に遭遇するといえよう。一方では、まさに短編小説は、完璧で完成されたものであるにしても、自分自身のうちに閉じてしまうことになる。他方ではみずからを開くことになるが、それは長編小説によってしか展開されえない別の何かにむけて開くのであり、長編小説とはそれ自身終わりなきものである。第一の仮説の場合、短編小説は手紙とは異なるが、ある意味では類似した危険に直面する。手紙は、言表行為の主体にむかう逆流を恐れなければならなかった。短編小説のほうは、動物という出口の実は出口のない状況に、逃走線の行き詰まりにぶつかる（まさにそれゆえに短編小説は、そのような事態を実現するときに完結するのだ）。確かに〈動物になること〉は、手紙の運動のように単なる見せかけの運動とは無関係である。どんなに緩やかでも、そこで脱領土化は絶対的である。逃走線は周到に計画され、出口は巧みにこじ開けられている。しかしそれはただ一極において起きているにすぎない。卵がその潜勢力において現実的な二極をもつように、〈動物になること〉は、等しく現実的な二極を備えた、ある潜勢力なのである。この二極とは、まさに動物的な極と家族的な極である。私たちは、いかにして動物が実際に、それ自身に固有の〈非人間的になること〉とあまりに人間的な家族化のあいだで揺れているかを見てきた。たとえばあの研究する犬は、最初に音楽犬によって脱領土化されるが、最後の歌う犬によって再領土化し、再オイディプス化し、二つの「科学」のあいだで動揺し続け、彼を難局から救い出す第三の科学の到来を求めるところまで追いつめられる（しかしまさにこの第三の科学はもはや単なる短編小説の対象ではなく、長編小説そのものを要求するのだ）。またグレゴールの〈変身〉がいかに再オイディプス化の物語であり、彼を死に追いやり、彼の〈動物になること〉を〈死者になること〉に変えるか見なくてはならない。犬だけでなく、他のどの動物も、分裂的エロスとオイディプス的タナトスのあいだで動揺している。ただこの観点からだけメタファーが、人間中心主義的な行列の全体とともに復活するおそれがある。要するに、動物をあつかう短編小説は、手紙とは区別される表現機械の一部品である。なぜならもはや短編小説は見せかけの運動において作動するのではなく、また二つの主体の区別において作動するのでもないからである。むしろそれは現実と接触し、現実そのものにおいて書かれ、それでもやはり対立しうる二極、二つの現実の緊張にとらえられるからである。動物になることは、まさに出口を示し、まさに逃走線を引くのであるが、自分自身を続行し活用することができないのだ（なおさら「判決」はオイディプス的な物語にとどまっており、カフカはそういう物語として提示している。息子は動物になることさえなく、ロシアにむかって開放を進めることもないまま死んでいく）。

そこで別の仮説を考えなければならない。動物をめぐる短編小説は一つの出口を示してはいるが、それを徹底することができない。しかしすでに出口を示すことが可能になったのは、短編小説のなかで作動していた別の何かのおかげである。そしてこの別の何かとは長編小説のなかで、表現機械の第三の構成要素としての長編小説の試みにおいて、はじめて表出されるのだ。なぜならカフカは、まさに同時に、長編小説を書き始め（あるいは短編を長編に発展させようとし）、そして〈動物になること〉を諦めて、そのかわりにより複雑なアレンジメントを作り出そうとするのだ。したがって短編と、それにおけるもろもろの〈動物になること〉は、この密かなアレンジメントによって着想されたもののようであるが、直接このアレンジメントを機能させることはできず、白日に晒すことさえできなかったにちがいない。あたかも動物は、まだあまりに近く、あまりに知覚しやすく、あまりに見えやすく、あまりに個体化され、領土化されているかのようで、〈動物になること〉は何よりもまず〈分子的になること〉にむかうのである。鼠のヨゼフィーネは、彼女の民衆に、「彼女の民衆の英雄たちの数知れぬ群れ」に飲み込まれてしまう。七匹の音楽犬があらゆる方向に動き回るのを前に困惑する犬。おそらく自分より小さな動物が方々からやってきて無数のざわめきをたてるのを前にして戸惑っている「巣穴」の動物、「カルダ鉄道の思い出」[*9]の主人公は熊や狼を狩りにきたのに、鼠の大群に出会うだけで、鼠が小さい手を震わせるのを見ながらナイフで殺す（そして「石炭バケツに乗って」[*10]〔短編「バケツ騎手」の草稿〕では、「一インチもへこまない深い雪の上を、私は小さな北極犬たちの足跡をつけて行く。乗っている意味がなくなった」）。カフカは、何であれ小さいものに魅了される。彼が子供を好きでないのは、彼らが不可逆的に大きくなる定めであるからだ。反対に動物界は、小さなこと、知覚不可能なことにかかわる。しかしそれ以上にカフカにおいては、分子的多数多様性それ自体が、機械と一体になり、機械にとって代わる傾向がある。機械というより、むしろ機械状アレンジメントというべきで、その部分はたがいに独立しているが、やはりいっしょに機能するのである。音楽犬のコンプレックスは、すでにこのような微細なアレンジメントとして描かれている。たとえ動物が一匹でも、その巣穴は一匹ではなく、ひとつの多数多様体であり、ひとつのアレンジメントである。短編「ブルームフェルト、ある中年の独身者」に登場するひとり者は、まず子犬を飼うべきか自問する。しかし奇妙な分子的または機械状のシステムが、犬にとってかわるのである。「青い縞のある白いセルロイドの小さな玉が、二つ並んで床から浮き沈みする。」ブルームフェルトは結局官僚制機械の部分としてふるまう二人の見習いにつきまとわれる。おそらくカフカのなかには馬をめぐる実に特殊な状況があって、馬とはまだ動物であり、すでにアレンジメントであり、二つのあいだの媒介なのだ。とにかく短編において動物であり、動物になるものとして、動物はこの二者択一に直面する。袋小路に陥り、閉じ込められ、短編が終わってしまうか、あるいは自己を開き、増殖させ、いたるところに出口を穿ち、もはや動物ではなく、それ自体としては長編小説でしか扱えない分子的多数多様性に、そして機械状アレンジメントに場所を譲るかである。

III 長編小説

事実として、もはや長編小説にはめったに動物は登場しないし、登場するとしてもまったく副次的な存在で、〈動物になること〉はまったく不在なのだ。あたかも動物の否定的な極はなくなり、肯定的な極のほうは他のところに、機械とアレンジメントの側に移動したかのようである。あたかも〈動物になること〉は、十分豊かな分節と分岐にめぐまれないかのようである。カフカが蟻の役所的な世界について、あるいは白蟻の〈城〉についての小説を書いたと想像してみよう。彼はチャペックのような作家になったかもしれない（カフカの同国人、同時代人である）。彼はサイエンス・フィクションを書いたかもしれない。あるいはハードボイルド小説、リアリズムの小説、理想主義的小説、暗号小説など。プラハ派の文学にはこういったあらゆるジャンルが登場した。彼は多少とも直接的に、多少とも象徴的に、現代世界、この世界の悲惨と過酷さ、機械主義と官僚制の害悪を描いたであろう。しかしこうしたことは少しもカフカの執筆計画には入らなかった。仮に彼が蟻の法廷や白蟻の城について書いたとしたら、リアリズム的であれ象徴主義的であれ、メタファーの一大行列が回帰してきただろう。官僚制的、警察的、司法的、経済的あるいは政治的エロスの暴力を、彼は決してまともに把握することができなかっただろう。

おそらくこういう人もあるだろう。私たちが短編と長編のあいだに設けている区別など実在しない、なぜなら多くの短編は、実現したかもしれないが放棄された長編小説のための実験台であり、ばらばらの原料であったし、長編も、やはり終わりのない未完成の短編のためのものだったからであると。しかし問題は決してそこにはない。問題は、カフカが長編小説を書こうとするのは何のためかであり、諦め、放棄し、あるいは一つの短編のように閉じようとし、あるいは反対に、たとえまた放棄することになろうとも、短編は長編のきっかけになると自分に言聞かせるのは何のためかということである。私たちは一種の法則を提案することができるかもしれない〈確かにそれは常にではなく、ただある場合にだけ有効である〉。(1)文章が本質的に〈動物になること〉だけに集中している場合は、長編小説に発展することは不可能である。(2)〈動物になること〉に集中している文章が長編小説に発展しうるとみなせるのは、それが十分に機械状の指標を含んでいて、動物の範囲から逸脱し、これによって長編の胚珠になるときである。(3)長編小説の胚珠になりうる文章は、カフカが動物という出口を想像するときには終わることができ、放棄される。(4)長編小説が実現するのは、たとえそれが未完であろうと、さらにはとりわけ終わりなきものであろうと、機械状の指標が、それ自体確固とした真のアレンジメントに組織されるときである。(5)反対に、明白な機械を含むテクストは、にもかかわらず、何らかの具体的な社会的‐政治的なアレンジメントに接続されなければ展開されない（なぜなら純粋な機械とは図面でしかなく、短編も長編も形成することがないからだ）。だからカフカは、突然打ち切るからにせよ、終わりがないからにせよ、ひとつの文章を放棄する理由には事欠かない。しかしカフカの指標はまったく新しく、彼自身にとってしか意味のないもので、異なるジャンルの文章のあいだを通底させ、備給をやりなおし、交換等々を続け、そのようにしてリゾーム、巣穴、変形の地図を構成する。挫折さえも、そのたびに傑作であり、リゾームのなかのひとつの茎になるのだ。

第一のケースは「変身」であろう。だから多くの批評家がこれこそカフカの最も完成した作品である（？）という。〈動物になること〉に身を委ねたグレゴールは、家族によって再オイディプス化され、死にいたる。家族は、ひとつの官僚機械の可能性さえも窒息させてしまう（参照：追い出される三人の間借り人）。短編小説は、死にいたる完成の状態でみずからを閉じる。第二のケースは「ある犬の研究」に関するものだ。カフカはそこに自分流の『ブヴァールとペキュシェ』を見ていた[13]。しかし実際に現前する発展の胚珠は、「研究」の対象にリズムを与える機械状の指標と切り離せないのである。それはすなわち七匹の犬のアレンジメントにおける音楽的指標であり、三つの認識のアレンジメントにおける科学的指標である。しかしこれらの指標はまだ〈動物になること〉にとらわれているので頓挫するのである。カフカはここでは彼の『ブヴァールとペキュシェ』を書くところまでいかないのだ。つまり犬たちは彼を何かへの途上に導くのだが、この何かを彼は、別の材料を通じてでなければ把握することができないのである。第三のケースの例は「流刑地にて」のなかに見つかる。ここにも長編小説の胚珠があり、こんどはひとつの明白な機械にかかわっている。しかしこの機械は、あまりに機械的なもので、まだあまりにオイディプス的な座標に関係づけられており（老いた指揮官－将校＝父－息子）、やはり発展しないのだ。そしてカフカは、短編小説の状態に落ち着いてしまうこの文章に動物の現れる結末を想像することができる。つまり「流刑地にて」のある異稿では、旅人は最後に犬になり、あたりを四つ足で走り出し、飛び回り、急いで自分の居場所に戻ろうとする（別の異稿ではある婦人－蛇が登場する）[14]。これは「ある犬の研究」の逆で、つまり機械状指標が〈動物になること〉から出ることにはならず、機械は〈動物に戻ること〉のほうに逆転するのである。第四のケースは、これだけが真に肯定的なもので、三つの大長編小説、三つの終わりなき大作である。まさに機械はもはや、いわゆる機械的なもの、かつ物象化したものではなく、実に複雑なもろもろの社会的アレンジメントのなかに体現され、これらが登場人物とともに、人間の部品や歯車とともに、非人間的な暴力と欲望の諸効果を掌握することを可

（13）*Journal*, p. 427.〔『日記』、一九一五年二月九日、三三一頁〕
（14）*Journal*, pp. 492-493.〔『日記』、一九一七年八月六日、三七五―三七六頁〕

能にするのであって、これらの効果は、動物や孤立した機械仕掛けのおかげで得られたものよりはるかに強烈なものである。だからこそ同じ時期（たとえば『審判』の時期）にいかにカフカが、長編に展開されないままの〈動物になること〉を描き続け、またみずからのアレンジメントをたえず発展させる長編小説を構想しているか注視することは重要である。第五の、最後のケースは、再試験のようなものといえる。長編小説が頓挫することがあって、それは単に〈動物になること〉がすべてに優先している場合だけでなく、機械というものが、小説の生気にみちた素材となる社会的政治的な生けるアレンジメントにおいて体現されない場合のことである。このとき機械は図面にとどまり、その力や美がなんであれ、もはや展開されることがなくなる。これはすでに「流刑地にて」の場合であり、その機械はまだあまりに超越的で、あまりに孤立し物象化され、あまりに抽象的なのだ。二ページからなる素晴らしい作品「オドラデク」の場合は、使い道のない奇妙な機械を描いている。星形の平たいボビンには不揃いな糸くずが巻いてあり、「小さな心棒がボビンを貫き、さらに心棒に直角に別の木片がついて[*11]」、機械が直立するようになっている。「ブルームフェルト」の場合は、二つのピンポン玉がまさに純粋な機械を形成し、二人の倒錯的痴呆的な見習いはまさに官僚制的なアレンジメントを形成しているが、これらの主題はまだ分離したままで、一方から他方に、拡散することも浸透し合うこともなく移動するだけだ。

以上が、出版の計画ではなく内的指標によって定義されたエクリチュール機械あるいは表現機械の三つの要素である。手紙と悪魔的協定、短編小説と〈動物になること〉、長編小説と機械状アレンジメント。三つの要素のあいだにはたえまなく、ひとつからもうひとつへと横断的交通が起きることを私たちは知っている。手紙に現れるかぎりでのフェリーチェは血色がよく、吸血鬼にとって好みの餌食であることが理由で動物的であるばかりではなく、彼女にはカフカを引きつける〈犬になること〉という特質があるので、やはり動物的なのだ。そして現代の機械状アレンジメントとしての『審判』は、それ自体現代化された古代的源泉に帰する。――つまりそれは〈動物になること〉に対する審判であり、それがグレゴールの処罰をもたらし、吸血鬼の悪魔的協定に対する審判ともなり、カフカはそれを実際にフェリーチェと最初に決裂したときに、ホテルにおける審判として体験したのだ。彼はいわば法廷に出頭するようにホテルに行くのである。しかし手紙の体験から、短編そして長編小説の執筆へとただひとつの線が走っていると考えてはならない。逆の線もあって、どちらの側にも、書かれたこともあれば体験されたこともあるのだ。したがって社会的政治的そして法学的アレンジメントとしての審判のほうがカフカを動かし、カフカのほうは彼の〈動物になること〉を審判の素材として、フェリーチェとの文通の関係を型通りの審判を受けるべきものとして把握する。同じく、手紙の悪魔的協定から短編小説の〈動物になること〉にむかって、また〈動物になること〉から長編小説の機械状アレンジメントにむかってだけ道が通じているわけではない。逆方向の道もあって、すでに〈動物になること〉は、それをうながすアレンジメントによって有効になるだけであり、そのなかで動物たちは音楽的な機械や、科学や官僚制などの部品として機能し、手紙はすでに機械状アレンジメントの部分をなしていた。そのなかで流れが交換され、郵便配達夫は不可欠な歯車の、官僚制的交換手のエロティックな役割を果たしているのであって、それなしには書簡による協定は作動しないのだ（夢のなかの配達夫がフェリーチェの手紙を持ってくるとき、彼は「驚くべき正確な動作で、蒸気機関の連接棒のように腕を突き出して手紙をわたしてくれた」）[15]。ここでは表現の構成要素がたえまなく交通しあっている。そして三つの構成要素は、それぞれの様態において停止されることもあれば、たがいに出入りすることもある。返信が滞り、手紙が中断する。最初の過程〔審判〕。短編小説が、出口をふさぐ二つの方向に引き裂かれて、長編に発展することができず中断される。別の過程。カフカ自身が停止する長編小説、それ自体には終わりがなく、無制限であり、無限であるからだ。第三の過程。すべてが中絶されてしまうが、すべてが交通しあう運動とともにあって、これほど完全な作品が書かれたためしはない。いたるところにあるのはただひとつの同じ書くことの情熱である。しかし同じままではない。一瞬一瞬、書くことは閾を超えていくだけで、上位や下位の閾はない。それは強度のもろもろの閾であり、それを通過していく方向にしたがって、高い低いがあるだけである。

だからこそ、カフカにおいて人生と書くことを対立させるのは、彼が人生を前にして欠陥、弱さ、不能によって文学のなかに避難したと考えるのは、つまらないグロテスクなことなのだ。ひとつのリゾーム、ひとつの巣穴、そういうものであって象牙の塔ではない。逃走線であっても避難所ではない。創造的な逃走線はそれ自身とともにまさに政治学、経済学、官僚制、司法制度をまき込み、つまり吸血鬼のようにそれらを吸い込み、近未来に属するまだ知られざる音を響き出させるのである——ファシズム、スターリニズム、アメリカニズム、扉をたたく悪魔的勢力。なぜなら表現は内容に先行し、内容をまき込むからである（もちろん有意的でないということが条件である）。生きることと書くこと、芸術と人生は、メジャー文学の観点から見るときだけ対立しあう。カフカはたとえ瀕死の状態でも、打ち勝ちがたい生の流れに貫通されるのだが、その流れは彼の手紙から、短編小説、長編小説から、そして理由は異なり、通底し、交換可能であっても、それら相互の未完性からも彼にやってくるのである。これはまさにマイナー文学の条件というものだ。カフカにとって唯一悩ましいことがあり、彼は怒り、憤った。人々が彼を、文学に避難所を見出すアンティミスト〔親密な雰囲気を描くタイプ〕の作家、孤独、罪悪心、親密な不幸の作家とみなしたときである。それにしてもそれは彼の過ちなのさ、そういうことをみんな盾にとったのだから……。罠の先を行くため、ユーモアのためだ。カフカの笑いというものがあって、それは実に陽気な笑いなのだが、同じ理由でそれは誤解されてきた。同じく愚かな理由で、カフカの文学には人生から遠く離れた避難所

(15) *Lettres à Felice*, I, Gallimard, p. 116.〔『フェリーチェへの手紙(I)』、八七頁（一九一二年一一月一七日）〕

が見つかるなどと主張されてきたし、その苦悩は、不能と罪悪心のあかしであり、悲痛な内的悲劇のしるしであるとみなされてきた。ところがカフカを真に理解するには、二つの原則だけで足りるのだ。彼は笑う書き手であり、根本的に陽気で、生きる喜びにみちている。罠として曲芸として戯けて見せることはあっても、戯けることもやはりその傾向のひとつなのだ。彼はどこまでも政治的な書き手であり、未来社会の占い師なのだ。それは彼が二つの極のようなものを抱え、まったく新しいアレンジメントのなかでそれを結合することができたからだ。自分の部屋に閉じこもる作家であるどころか、彼の部屋それ自体が二重の流れにおいて役立つことになる。ひとつは大いなる未来の官僚の流れであり、生成しつつある現実のアレンジメントに接続されている。もうひとつはまったく現代的な仕方で逃走しつつある放浪民の流れであり、社会主義、無政府主義、社会的運動に接続している。[16] カフカにおいて書くことは、書くことの優先性はただひとつのことを意味しているだけだ。言表行為は文学に属するのではなく、もろもろの法も国家も体制も超えて、欲望と一体であるということを。それでも言表行為はつねにそれ自体歴史的であり、政治的社会的である。ひとつのミクロ政治学、欲望の政治学、それはあらゆる審級を問い直すものである。欲望の観点から見て、これ以上に喜劇的で歓びにみちた作者はいなかったし、言表の観点から見て、これ以上に政治的で社会的な作者はいなかった。すべては笑いであり、それは『審判』からはじまる。すべてが政治的であって、それはフェリーチェへの手紙に始まるのだ。

（16）アンティミストの作家として扱われたときのカフカの怒り。たとえばフェリーチェへの最初の手紙から、すでにカフカは、何よりも内面的な生活について語る読者や批評家に激しい反発を示している。フランスにおいてさえ、カフカの最初の流行は、こういう誤解によるものだった。親密で象徴主義的、寓話的、不条理なカフカというわけだ。フランスにおけるカフカ理解の状況についてはマルト・ロベールのすぐれたテクスト「ユートピアの市民」（« Citoyen de l'utopie »）を参照のこと（*Les Critiques de notre temps et Kafka*〔『われらの時代の批評そしてカフカ』〕, Garnier に再録）。カフカの研究が始まるのはドイツとチェコの批評家たちが、カフカの官僚制（保険会社、社会保険）への強いつながりと、プラハの社会主義と無政府主義の運動に対する彼のこだわりを（彼はそれをマックス・ブロートにはしばしば隠していた）両方とも重視したときに始まったといえる。フランス語に訳されたヴァーゲンバッハの二冊の本（*Kafka par lui-même*〔『フランツ・カフカ』塚越敏訳、理想社、一九六七年〕と *Franz Kafka, Années de jeunesse*〔『若き日のカフカ』〕）は、この問題の全体にとって重要である。

もうひとつの側面は、カフカにおける喜劇的なもの、歓びである。しかしそれは同じ側面なのだ。つまり言表の政治学と欲望の喜び。カフカが病気のときも瀕死のときも、うんざりすることを祓いのけるために独特の曲芸として有罪性をふりかざすときも、それに変わりはない。神経症的傾向の解釈がすべて悲劇的あるいは不安な側面と、非政治的な側面を同時に強調するのは偶然ではない。カフカの陽気さ、あるいはカフカの書くものの陽気さは、彼の生きた政治的現実、政治的展望に劣らず重要である。マックス・ブロートがカフカについて書いた本の一番美しい部分は、『審判』の第一章を朗読した際に、どんなに聴衆が「笑いを抑えきれなかった」かを語ったところである（p. 282〔ブロート『フランツ・カフカ』、二〇〇―二〇一頁〕）。これこそまさに天才のしるしである。彼を貫通する政治、彼が伝える喜び。天才を不安に、悲劇に、「個人的事情」に陥れる読み方を、すべて私たちは下劣な、または神経症的な解釈と呼ぶ。たとえばニーチェ、カフカ、ベケット、誰でもいい。彼らを大いなる無意志の笑いをもって、政治的な戦慄とともに読まないものは、何もかも歪めてしまう。

カフカの著作のこれらの構成要素――手紙、短編小説、長編小説――に関して、私たちは二つのことを考慮しなかった。ひとつはごく短い文章、陰鬱なアフォリズム、比較的敬虔な寓話の類である。例えば一九一八年フェリーチェとの訣別の際に、カフカは悲しみに暮れ、疲労し、そのため書くことができず、その欲望も失っていたのである。もう一つ、私たちは逆の理由で、『日記』を考慮にいれなかった。『日記』は全体を貫通するものだからである。『日記』はリゾームそのものだ。それは著作の一面という意味での一要素ではなく、（環境という意味での）元素であり、カフカは魚のようにそこから出たくないと宣言するのだ。この元素は外部の全体と交通し、手紙の欲望、短編小説の欲望、長編小説の欲望を配分するからである。

第5章　内在性と欲望

カフカの解釈の大半においては、否定神学あるいは不在の神学、法の超越性、有罪性の先験性(アプリオリ)といったことが頻繁なテーマになっている。『審判』(そしてまた「流刑地にて」と「万里の長城」)の名高い文章は、法というものを内容のない純粋で空虚な形式として、その対象が不可知なものとして提示している。したがって法はある判決においてだけ言表されるものであり、判決は、ある刑罰においてだけ認知されるものである。だれも法の内側を知らない。誰も流刑地における法がどんなものか知らない。そして機械についた針は受刑囚の体に判決を刻み込んでいき、同時に針は責苦で彼を苛むのであるが、彼はその判決が何か知らない。「男は自分の受けた傷から判決を読み解く」[*1]。

「掟の問題」[*2]において、「自分の知らない法によって統治されるとは何という責苦だろう（…）そして〈法〉の本性がやはり内容を秘密にすることを必要としている」。カントは、法のギリシア的概念からユダヤ＝キリスト教的概念まで転倒する合理的な理論を作り出したのである。法はもはや、前もって存在して法に材料を与える〈善〉に依存するのではなく、純粋な形式であって、善それ自体のほうがこれに依存する。法がみずからを言表する際の形式的条件において、法が言表するものが善である。カフカはこのような転倒を共有したと言っていいだろう。しかし彼がそこに注ぎ込んだユーモアは、まったく別の意図を示している。彼にとってかんじんなことは、超越的で認識しがたいこのような法のイメージを強調することではなく、まったく別の本性をもつ一機械のメカニズムを解体することなのであり、この機械は、歯車を同調させ、「完全に連動するように」全体を機能させるために、単にこのような法のイメージを必要としているだけなのである（このイメージ＝写真が消滅するなら、たちまち機械の部品も「流刑地にて」のように散逸してしまう）。『審判』は科学的捜査のようなもの、機械の機能に関する実験の報告のようなものと考えるべきで、この場合法は、単に外的枠組みの役割を果たすにすぎない可能性がある。だからこそ『審判』の文章は、大いに慎重に使用するしかないのだ。問題はそれぞれの文章の重要性にかかわり、とりわけ小説のなかのそれらの配分にかかわるのだ。マックス・ブロートは、ひとつの否定神学の命題に役立つようにその配分を実行したわけである。

問題は、何よりもまずKの処刑をめぐる最後の短い章とその前の大聖堂において、神父が法の言説を口にする章にかかわる。というのも『審判』の最後の章が、最後に書かれたかはぜんぜん確かではなく、それは最初に執筆をはじめたときに書かれたかもしれないからである。そのときカフカはまだフェリーチェとの決別の衝撃から立ち直っていない。それは早すぎ、引きのばされ、中絶された結末であった。カフカがどこにこの部分を置こうとしたか予断はできない。それは夢の場面で、小説の途中に配置してもよかったかもしれない。例えばカフカは「夢」というタイトルで、『審判』のために書いた別の断片を切り離して出版した。[*3] したがってマックス・ブロートは彼自身、いかに『審判』が終わりのない、独特の限りない小説であるかを指摘するときには、よりすぐれた発想をしているのだ。「カフカが言っていたように、審判は決して最終審にたどりついてはならないので、小説のほうもまた、ある意味で未完成にとどまり、無限に引き延ばされたかもしれない」[*4]。Kの処刑によって終わるというあの配置は、小説の作法そのものとも、『審判』を統制する「果てしない延期」の状態とも矛盾している。Kの処刑を最終章とみなそうとすることは、文学史のなかにこれに類似した例があるようだ。ルクレチウスの本が、最後に名高いペストの描写で終わるものとみなすものたちがいる。二つの場合に共通しているのは、エピキュリアンは最後に苦悩に打ちひしがれる定めであり、プラハのユダヤ人は、彼を蝕む罪悪心を引き受ける定めだということである。もう一つの大聖堂の章に関しては、それが小説の鍵を意味しているかのように、宗教的性格をもつ準結末を構成しているかのように、重要な地位が与えられているが、やはりそれは内容そのものと矛盾している。法の番人の話は実に曖昧模糊としたもので、この話をする神父は刑務所付きの司祭として司法機関の一員であり、別のものの一系列の全体のなかの一要素であり、これにはいかなる特権もなく、系列が彼で終わることもないのにKは気づくのだ。私たちは、この章の場所を変え、「弁護士、実業家、そして画家」の章の前におくことを提案しているオイッタースプロートにしたがってもいいのである。(1)

法の超越性を前提とする観点にたてば、有罪性、認識不可能なもの、判決あるいは言表と法のあいだにはある必然的な関係があるにちがいない。まさに有罪性とは、万人にとって、各人にとって、非があろうとなかろうと、超越性に対応する先験性(アプリオリ)であるにちがいない。法は対象をもたず純粋な形式であって、認識の領域に属することはありえず、もっぱら絶対的実践的必然性に属するだけである。大聖堂で神父が説明するのは、「門番がいうことをみんな真実だと信じる義務はなく、必然的であるとみなすだけでいい」[*5]ということである。最後に、法は認識対象をもたないのだから、言表されてはじめて規定され、刑罰の局面においてのみ言表される。つまりそれはじかに現実に触れ、言表じかに身体と肉体に触れる言表であり、あらゆる思弁的命題に対立する実践的言表である。これら

(1) Cf. Herman Uyttersprot, *Eine neue Ordnung des Werke Kafkas ?*, Antwerp : De Vries-Brouwers, 1957.

の主題は『審判』のなかに現前している。しかしまさにこれらは、Kの長々と続く実験を通じて、綿密な解体作業やさらに破壊行為の対象となる。この解体作業の第一の側面は「あらゆる有罪性の観念をアプリオリに根こそぎにする」ことであり、有罪性は告発そのものの一部をなしている。つまり有罪性は見せかけの運動にすぎず、判事は、さらには弁護士さえも、人がほんとうの運動をすること、つまり自分自身の問題に集中することを妨げようとして、人をその見せかけの運動に閉じ込めるのだ。[2] 第二にKは気づくのだが、もし法が認識不可能なままならば、それは法がみずからの超越性に閉じこもっているからではなく、単にあらゆる内面性から切断されているからである。法はいつも隣のオフィスや、ドアの背後に、果てしなく存在しているものである（このことは、すべてが「隣室」で起きる『審判』の第一章で、すでに見られた）。そして最後に、法は偽りの超越性の要求にしたがって言表されるのではなく、ほとんど逆に、言表が、言表行為が、言表する人物の内在的権力の名において、法に等しい力をもつのだ。法は、門番が言うことと一体になる。そして書類は、法の必然的な派生的表現であるどころか、法に先んじるのだ。

多くのカフカ解釈において扱われてきた最も遺憾なテーマが三つある。法の超越性、有罪性の内面的性格、言表行為の主体性である。これらはカフカのアレゴリー、メタファー、象徴性について書かれてきたあらゆる馬鹿話につながる。また悲劇的なもの、内面のドラマ、内密な法廷といった観念にもつながる。そしておそらくカフカはそれに助け舟を出しているのだ。オイディプスにさえも、いやとりわけオイディプスに手をさしのべているのだが、彼は愛想よくしたのではなく、それをまったく特別な仕方で利用し、自分の悪魔的企みに役立てようとしたのだ。作家における主題を詮索することは、作品においてなぜそれが確かに重要になるのか、つまり正確にはそれが（何を「意味」しているかではなく）いかに機能しているのか知ろうとしなければ、まったく無駄である。法、有罪性、内面性を、カフカは大いに必要とするが、彼の作品の見せかけの運動として必要とするのである。見せかけの運動とは、決してその背後に別のものを隠している仮面のことではない。見せかけの運動とは、むしろ実験を導くべき分解や解体のポイントを指示し、分子的な運動や機械状のアレンジメントを露わにしようとするのであって、「見せかけ」はそこから実際に包括的に由来するだけである。法、有罪性、内面性はいたるところにあると言ってもよい。しかし手紙－短編小説－長編小説という三つの基本的な機構にしても、書記（エクリチュール）機械の部品そのものを考察してみるだけで、いずれにせよこれらの主題はどこにも存在せず、まったく機能していないということが見てとれる。それぞれの機構は、確かに基本的な情動的基調をそなえている。しかし手紙においてそれは恐怖であって、有罪性などではない。罠が自分を閉じ込めてしまうという恐怖、逆流の恐怖、

（2）*Le Procès*, Gallimard, p. 154〔『審判』、一〇九頁〕：「目標に到達したいなら、あらゆる有罪性の観念をアプリオリに根こそぎにすることが、とりわけ必要だった。違法行為などなかったのだ。審判とは一大事業以外のものではなく、銀行に有利になるようにそれを処理したかのようなものだ。当然ながら事業には様々な危険がつきもので、それに対処しなくてはならない」。

白昼に、太陽、宗教、ニンニクに襲われ、杭を打たれるという吸血鬼の味わう恐怖である（カフカは手紙のなかで心底から人々を、未来を恐怖している。これは有罪性や恥辱とはまったく別のことである）。そして〈動物になること〉をめぐる短編小説においてそれは逃走であり、これもまた情動的基調であり、やはり有罪性とは無関係で、恐怖とも区別される〈〈動物になること〉は、恐怖以上に逃走において生かされる。つまり「巣穴」の生き物は、正確に言えば恐怖するのではなく、ジャッカルは恐怖せず、むしろ「愚かな希望」[*6]のなかで生きている。音楽犬たちは、「こんなことをやってのけたからには、もはや恐怖する理由などない」[*7]のである）。最後に長編小説において、Kは奇妙なほど自分の有罪性を感じておらず、恐怖することもなく、逃走することもない。むしろ彼はまったく勇敢で、実に奇妙な新しい基調を表出し、同時に法律に、そして技術にかかわる解体の方向を示すのである。それはまさに感情であり、ひとつの気質（Gemüt）である。恐怖、逃走、そして解体、これらを悪魔的協定、動物になること、機械状かつ集団的なアレンジメントに対応する三つの情念、三つの強度と考えるべきである。

それならカフカのリアリズム的社会的解釈を擁護すべきだろうか。その通りである。なぜならそれは非解釈に限りなく近いからである。また神の不在よりも、マイナー文学の諸問題、プラハのユダヤ人の状況、アメリカ、官僚制そして大規模な訴訟について語ったほうがましだからである。たとえば『アメリカ』はまったく非現実的で、そのなかのニューヨークのストライキはあいまいにしか描かれないし、そこの過酷な労働条件は何の怒りもかきたてず、判事の選挙そのものも無意味に陥っている、などと批判される。私たちは、正しくもカフカにはまったく批判というものがない、ということを指摘しよう。「掟の問題」のなかでさえ、少数派は、法がただ「貴族」の恣意的な裁量によるものにすぎないとみなすだけで、少しも憎悪を表明せず、「どんな法も信用しないこの党派が、かなり脆弱で無力であり続けたとしたら、それは彼らが貴族を受け入れ、その存在権利を認めているからだ」[*8]。『審判』において、Kは法に反抗するのではなく、意図的に権力者や処刑人の側につく。彼は鞭で打たれているフランツを小突き、被告の腕を抱えて怖がらせ、弁護士のところではブロックを小馬鹿にする。『城』のなかでもKは、機会さえあれば好んで脅したり罰したりする。そういうわけで、カフカは「時代の批判者」などではなく、「批判を自分自身に向け」、「内密の法廷」以外の法廷をもちはしないと結論していいだろうか。それは見当はずれというものだ。なぜなら批判はこのとき表象の次元でしか考えられていないからである。それが外面的なものでないなら、当然それは内面的でしかありえないというわけだ。しかし問題は別のところにある。カフカは社会的表象から言表行為のアレンジメントを、そして機械状アレンジメントを抽出し、しかもこれらのアレンジメントを分解しようとする。すでに動物をめぐる短編小説で、カフカはもろもろの逃走線を引いていたのであるが、彼は「世界の外に」に逃走したわけではなく、むしろ世界とその表象を逃走〔流出〕させ（管から水が流出するという意味で）、これらの逃走線上に引っ張っていったのである。かんじんなのは、コガネムシのように、クソムシのように話し、見ることであった。なおさら小説においては、アレンジメントの解体は、「批判」よりもずっと効果的な仕方で社会的表象を逃走させ、世界の脱領土化を引き起こすのであり、この脱領土化はそれ自体政治的であり、アンティミストな実践とは無関係なのである。[3]

書く(エクリチュール)ことは次の二つの機能をもっている。アレンジメントを転記すること、アレンジメントを分解することである。二つはひとつのことである。それゆえカフカの全作品を通じて、いわば互いに入れ子になった審級を私たちは区別しようとする。まず機械状指標、ついで抽象機械、最後に機械のアレンジメントである。機械状指標はまだそれ自体として分離され、解体されていないアレンジメントの記号である。なぜならアレンジメントを構成する部品が把握されているだけで、部品がどのようにアレンジメントを構成しているか、わかっていないからである。この部品はしばしば生きた存在、動物であるが、まさにそれらを超越するアレンジメントの部品あるいは流動的な布置としての価値をもつだけであり、それらがアレンジメントを操作するもの、または実行するものであるまさにその瞬間に、アレンジメント全体が謎に包まれてしまう。そういうわけで音楽犬は現に音楽的アレンジメントの部品であり、「足を上げ下ろしする仕草、ある種の頭の動き、走って止まる動き、互いのあいだで決まる位置、秩序正しく行われる輪舞を思わせる形態」[*9]によってけたたましい音をたてるのだ。しかし犬たちはただ指標として機能する。なぜなら彼らは「話すことも歌うこともなく、ほとんどいつも恐ろしく頑固にだまり通しているからだ」[*10]。これらの機械状の指標は（寓意的でも象徴的でもなく）とりわけ〈動物になること〉と動物をめぐる短編小説において展開される。「変身」は複雑なアレンジメントを構成し、その指標‐要素はグレゴール‐動物、音楽を奏でる妹、そして食べ物、音、写真、リンゴといった指標‐対象と、家族の三角形、官僚制の三角形といった指標‐布置である。うなだれていたがもたげた頭、声に移植され、声を変調させる音、これ

（3）プチ・ブルジョア的な親密性とあらゆる社会的批判の欠如は、まずカフカに対して共産主義者たちが反発するときの基本的主題である。週刊誌 *Action* の一九四六年のアンケート「カフカを焚書にすべきか」を思い出そう。それから事態はさらに硬直し、彼が描いた官僚制の肖像を通じて、反プロレタリアートの運動をしたというわけで、カフカは積極的な反社会主義者としてますます弾劾されるようになる。サルトルは一九六二年モスクワにおける平和会議で発言し、文化‐政治の関係について、特にカフカについて、より正当な分析を要求する。カフカについて、チェコスロヴァキアのリブリス（一九六三年と六五年）における二回の学会がこれに続く。専門家たちはそこに根本的変化の兆候を感じる。そしてまさにゴルステュッカー、フィッシャー、カルストの重要な発表を聞くのである。しかしロシアの参加者はなく、文学出版界においてほとんど反応はなかった。旧東ドイツでだけ彼らを批判する声が巻き起こった。この学会とカフカの影響は、その後「プラハの春」の原因のひとつとして攻撃された。ゴルステュッカーは言う、「エルンスト・フィッシャーと私は、社会主義的人間の精神から、ゲーテのファウストという労働者階級の象徴を追い払い、カフカの陰鬱な主人公、コガネムシに変身したグレゴール・ザムザに交替させようとしたというわけで弾劾された」。ゴルステュッカーはイギリスに、カルストはアメリカに移らなければならなかった。これらのことすべて、東側のそれぞれの政府の立場、カルストとゴルステュッカーの最近の声明についてはアントナン・リームのすぐれた文章「フランツ・カフカ、十年後」« Franz Kafka dix ans après », *Les Temps modernes*, juillet 1973, no 323bis を参照。

らもまたほとんどの短編においてこのような指標として機能する。したがって、ひとつの機械が組み立てられすでに機能している最中には、機械を組み立て機能させる雑多な部分がどんなふうに作動するのかまだわからなくても、機械状指標が存在するのである。しかし短編において逆のケースが出現することもある。複数の抽象機械が、それ自体として、指標を伴わないまま、すべて組み立てられて現れるのだが、こんどは機能をもたず、あるいはもはや機能をもたなくなったのだ。その例が「流刑地にて」の機械であり、老いた指揮官の〈法〉に応答し、自身の解体によって停止する。あるいは「オドラデク」と名づけられたボビンで、「それはかつて役に立つ形をもっていて、今は壊れてしまった物体だが、おそらくそれは誤りで（…）、全体が意味を欠いているようであるが、その種のものとして完璧である」[*11]。あるいはまたブルームフェルトのピンポン玉。ところが種々の有罪性と不可知性をともなう超越的法の表象は、そのような抽象機械であるように見えるのだ。法を代表するものとしての〈流刑地〉の機械が、古い時代遅れのものに見えるとすれば、それはしばしばいわれるように、もっと現代的な新しい法が存在するからではぜんぜんなく、法の形式が一般に、自己破壊的で、具体的に展開することのできない抽象機械と不可分であるからだ。だからこそ短編小説は、突然打ち切られる二つの危険に遭遇したように思われる。未完にとどまるか、あるいは長編に展開することを妨げられるかという結果に陥るのだ。ひとつは指標がどんなに活発でも、短編は単に組み立ての機械状指標を扱うだけに終わるという危険、もうひとつは短編が、全部組み立てられ、死に絶えてしまい、具体的に連結を広げるまでに至らないという危険である（カフカが他と区別して、短い短編小説のかたちで超越的法についての作品を発表したことに注意すること）。

したがって長編小説の対象としての機械状のアレンジメントが残っている。こんどは機械状指標はもはや動物ではない。それは結集され、もろもろの系列を生み出し、増殖しはじめ、あらゆる種類の人間的形態や、形態の断片をともなう。他方では、抽象機械は特異な仕方で変化する。もはや物象化されることも分離されることもなく、みずからを体現する具体的、社会的－政治的アレンジメントの外では機能しないのである。抽象機械は、そのようなアレンジメントとして分散し、それらの機械状成分を測定するだけである。最後に、アレンジメントは、組み立てられる最中の、神秘的機能をもつ機械として意義をもつわけではなく、機能しない、あるいはもはや機能しないであろう組み立て済みの機械として意義をもつわけでもない。アレンジメントは、それが機械と表象に対して行う解体によってはじめて意義をもつのであり、現勢的に機能しながら、自分自身の解体によって、解体においてのみ機能する。アレンジメントはこの解体から生じるのである（カフカを引きつけるのは、決して機械を組み立てることではない）。この積極的な解体の方法は、批判によるものではない。批判とはまだ表象に属するものである。むしろこの方法はすでに社会野を横断する運動そのものを拡張し加速することである。それは、現勢的ではないがすでに現実的な、ある潜在的なものにおいて作動するのである（さしあたってドアをノックするにすぎない未来の悪魔的勢力)。アレンジメントは、まだコード化されている領土的な社会的批判のなかではなく、脱コード化、脱領土化、そしてこの脱コード化、この脱領土化の小説による加速化において発見される(ドイツ語にもあてはまるように、社会野をまき込むあの運動において常により遠くに行くこと)。これこそ、あらゆる批判よりもはるかに強度な手法である。K自身がそのことを言っている。どうやら私たちが願っているのは、社会野においてまだひとつの手法 *procédé* にすぎないものを、無限の潜在的運動としての訴訟手続き *procédure* に変えることであり、後者は来たるべき、そしてすでに現存する現実としての訴訟 *procès* の機械状アレンジメントを極限としてもたらすのだ。[4] この実践の総体は、プロセスと呼ばれるもので、まさに終わりなきものである。マルト・ロベールはこの訴訟とプロセスの関係を強調しているが、それは確かに心的、心理的、内面的なプロセスのことではない。

したがって、ここには小説的な機械状アレンジメントの新たな特性が登場しており、これは指標や抽象機械とは異なるものである。この特性は、カフカの解釈でも社会的表象でもなく、ある実験を、社会的政治的要綱を促している。問題はこうなる。アレンジメントは、現実において現実的に機能するとすれば、いかに機能するのか。それはどんな機能を成立させるのか(それから私たちが問うことは、アレンジメントは何から構成されるのか。その要素、その関係はどんなものか、ということだけだろう)。それゆえ私たちは、『審判』の手続きの総体をいくつかの水準でたどってみなければならず、最終章とされる文章の位置づけが客観的に不確実なことと、最後よりひとつ前の章「大聖堂にて」が、ブロートによって多少とも意図的に間違った場所におかれたことが確かであるということを考慮しなければならない。第一の印象にしたがえば、『審判』においてすべては偽りなのだ。カント的法とは反対に、法さえも虚偽を普遍的規則として屹立させる。弁護士は偽の弁護士であり、判事は偽の判事であり、「もぐりの弁護士」、「金銭ずくの不実な使用人」がいて、あるいは少なくとも彼らはあまりに卑小で、もはや代表されることもない本当の決定機関や「近づきがたい法廷」を隠しているばかりである。しかしながらこの第一印象が決定的でないとすれば、偽なるものの勢力が存在しており、真偽を基準にして正義を評価することは間違っているからである。だから第二の印象はずっと重要になる。つまり法があると信じられたところに実は欲望があり、欲望だけがある。[*12]正義とは欲望であって法ではない。実はみんなが正義につかえる役人なのである。単なる傍聴人だけでなく、神父や画家たち自身だけでなく、『審判』のなかに頻出するいかがわしい女や倒錯的な女の子までも。大聖堂でKの持っている本は、祈禱書ではなく、町の観光案内である。判事のかかえている本には猥褻なイメージしかない。法は猥本のなかに書き込まれている。ここで問題なのは司法がときに犯す誤謬ではなく、その欲望的特性なのだ。つまり被告は原則として

(4) *Le Procès*, p. 56〔『審判』、三九頁〕:「それにこれは訴訟なんかではないと、あなたは私に反論することもできるのです。その場合は、あなたはまったく正当であり、あなたのやり方が訴訟手続きになるのは、私が認める場合にかぎるのです」。

非常に美しく、彼らの奇妙な美しさによって識別される。判事たちは「子供のように」ふるまい立論する。単なる冗談が弾圧を混乱させることもある。正義とは〈必然〉ではなく、反対に〈偶然〉であり、ティトレリは盲目の運命、翼をもつ欲望としてその寓意を描くのだ。正義とは安定した意志ではなく、落ち着かない欲望である。Kが言うところでは、不思議なことに、正義は動いてはならないのであり、それはバランスを乱さないためである。しかし神父は別のところではこう説明する。「正義はおまえに何も望みはしない、おまえがやってくれば捕まえるし、おまえが立ち去るなら放っておく」。若い女性たちがいかがわしいのは、司法体制の補佐の身分を隠しているからではない。反対に、彼女らは、ただひとつの同じ多義的な欲望で、同じように判事、弁護士、被告を楽しませるので、補佐していることがわかるだけだ。『審判』の全体が欲望の多義性につらぬかれ、そのせいでエロティックな力を得ている。抑圧が司法体制に属するのは、抑圧する側でも、抑圧される側でも、抑圧それ自体が欲望であるからだ。そして司法の権威は違法行為を追及する権威ではなく、犯罪行為に引きつけられ、巻き込まれる権威なのだ。権威者たちは、詮索し、捜索し、調査する。つまり彼らは盲目で、証拠など意に介することがなく、廊下でのもめごと、聴衆のざわめき、アトリエでの内緒話、扉の向こうの雑音、舞台裏のささやき、つまり欲望とその偶発事を表現するミクロな出来事すべてにとりわけ関心をむけるのだ。

司法が表象されないものであるとすれば、それは司法が欲望であるからだ。欲望とは、決して舞台の上に、別の党派と対立するある党派（法に抗する欲望）のように登場するものではなく、それらの配分や組み合わせを決定する高次の法の効果によって、双方に現前するものでもない。ヘーゲルにしたがって悲劇的表象について考えてみよう。アンチゴーネとクレオンは、二つの「党派」のように舞台で立ち回る。最初の尋問の際にはKもやはりそのようなものとして裁判を想像している。二つの側、二つの党派があって、どちらかというと一方は欲望の味方であり、他方は法の味方であり、その配分自体はいずれにせよ、上位の法によって決まるのだろう。しかしKは、そんなふうにことが運ぶわけではないということに気づくのだ。肝心なことは法廷で起きる事態ではなく、二つの党派の全体の動きでもなく、廊下、舞台裏、裏口、隣室などをまき込む分子的動揺なのである。『アメリカ』の劇場とは、巨大な舞台裏、長大な廊下でしかなく、それはあらゆる上演や表象を廃絶してしまったのだ。政治においても同じことが起きる（K自身は法廷の場面を、ある「政治的な集まり」に、もっと正確に言えば社会主義者の会合に比べている）[*13]。ここでもかんじんなことは、イデオロギー論争ばかりしている壇上で起きることではない。確かに、カフカの場合いたるところで、『審判』においても「万里の長城」[*14]においても、法はそういう問題に属していて、注釈者たちの様々な「党派」との関連で考えられている。しかし政治的には、かんじんなことは、いつも他のところで、会議場の廊下で、会議の舞台裏で起きており、そこでひとは欲望と権力の真の内在的問題に――「正義」における実際的問題に直面するのである。

したがって、法の超越性という観念は、これをかぎりに放棄しなければならない。もし最終的審級が近づきがたく、表象されないものならば、それは否定神学に固有の無限の階層秩序に関わるのではなく、欲望の隣接性に関わるのであり、これによって出来事はいつも隣のオフィスで起きるのである。つまりオフィスの隣接性、権力の切片性が、審級の階層秩序と支配者の威光にとって代わる（すでに〈城〉は、ハプスブルク家の官僚制や、オーストリア帝国のなかの国々のモザイク状に似て、切片的隣接的なあばら屋の寄せ集めであることがはっきりしてきた）。もし神父から小さな娘まで、みんなが司法体制に属し、みんながその手先であるとすれば、それは法の超越性のせいではなく、欲望の内在性のせいなのである。そしてKの調査あるいは実験は、たちまちこの発見に行き着くのだ。つまり訴訟を真剣に受け取るように、それゆえ、弁護士に会いに行き、次々超越性が出現するのに立ち会うように、叔父はKを強制するのだが、Kが気づくのは、彼も誰かに代表してもらってはならず、彼に代理人は必要ではなく、彼と彼の欲望のあいだに誰も介在してはならないということである。彼が法廷を見出すのは、部屋から部屋へと移り動きながらでしかなく、欲望にしたがいながらでしかない。彼は表現機械を手にするだろう。彼は請願書を書き、果てしなく書き、「ほとんど終わりのない」この仕事だけに集中するために休暇を申し込むだろう。この意味で『審判』そのものが終わりなき小説なのである。無限の超越性ではなく、内在性の無制限の領野。法の超越性は高いところのイメージであり、その写真であった。しかし裁判とは、むしろ逃走してやまない音（言表）のようなものである。法の超越性は抽象機械であったが、法とは、裁判の機械状アレンジメントの内在性のうちにしか実在しないものである。『審判』はあらゆる超越的正当化をバラバラに解体するのである。欲望のなかには何も審判すべきものはなく、裁判官自身が全身欲望のかたまりである。裁判は単に欲望の内在的プロセスである。プロセスそのものが連続体であるが、それは隣接性の連続体なのだ。隣接は連続に対立するものではない。逆なのだ。隣接とは連続の局所的な構築、無規定なまま延長可能な構築であり、それゆえ解体でもある。——いつも脇にオフィスがあり、隣りの部屋がある。バルナバスは「オフィス群のなかに行くが、ただ一部のオフィスに行くだけである。その向こうには壁があり、壁の背後にはさらに別のオフィス群がある。さらに遠くにまで行くことが特に禁止されているわけではない（…）。この壁を厳密な限界と思うには及ばない（…）彼が通り抜ける壁もあって、まだ彼が通り抜けていない壁と違う壁のようには見えない」[*15]。裁判とは、このような欲望の連続体であり、その限界は流動的で、いつも移動しているのだ。

まさにこのプロセス、この連続体、この内在性の領野を、画家のティトレリは無期限の延期と名づけて分析している。これは『審判』において決定的なところで、ティトレリは特別な役割を演じているのだ。彼は原則として可能な三つのケースを区別している。決定的な無罪放免、見せかけの無罪放免、そして無期限の延期である。最初のケースは実際には決して見られない。それはプロセスを達成した欲望の死または廃絶をもたらすからである。反対に第二のケースは法の抽象機械に対応する。それはまさに流れの対立、極点の交替、時期の継続などによって定義される。つまり欲望の流れに対する法の逆流、抑圧の極に対する逃走の極、妥協の時期に対する危機の時期などである。形式的な法は超越性に閉じこもり、一時的に欲望−物質に自由な空間を委ねておくこともあれば、みずからの超越性から、欲望を審判し抑圧することのできる階層化された位格を流出させることもある(まさにカフカの新プラトン主義的解釈が数多く存在している)。異なる二つの仕方で、見せかけの無罪放免のこの状態あるいはむしろこの回帰は、手紙における、あるいは動物的短編小説と〈動物になること〉におけるカフカの情況に対応する。フェリーチェをめぐるホテルでの審判は、手紙の攻勢に応答する法の反撃であり、吸血鬼に対する訴訟であった。吸血鬼は自分の無罪放免は見せかけでしかないことをよく知っている。そして〈動物になること〉に対する訴訟とは、逃走線の肯定的な極に続いて、出口をふさぐ超越的法の否定的極であり、この法は家族的位格を送って有罪者を捕まえるのである——グレゴールは再びオイディプス化され、父が彼に投げつけるのはプラトン主義的リンゴである。

しかしKが『審判』の最初で食べていたのは、まさにリンゴであり、それは「変身」によって確かめられる切断された連鎖のなかにあるものだ。なぜならKの物語のすべては、彼が見せかけの無罪放免を諦めて、無期限の延長のなかに徐々にのめり込んでいく過程であるからだ。法の抽象機械は、精神を身体に対立させ、形式を質料に対立させるように法を欲望に対立させるのだが、こうして彼は法の抽象機械の外に出て、司法の機械状アレンジメントのなかに、つまり脱コード化された法と脱領土化された欲望の相互的な内在性のなかに入るのだ。それにしても「延長」そして「無期限」といった言葉は何を意味するのだろうか。Kが見せかけの無罪放免を拒否するのは、ほんとうの無罪放免を希望しているからではなく、まして自分で自分を養おうとする有罪性の密かな絶望のせいでもない。なぜなら有罪性は、全面的に「見せかけの無罪放免」の側にあるからである。見せかけの無罪放免について、それは同時に無限（infini）であり、制限され（limité）、不連続であるということができる。それが無限であるのは、周期的であり、大きな円環にそって、「オフィスの部屋のあいだの循環」とともにあるからである。しかしそれは制限され不連続でもあって、その理由は告訴のポイントがこの循環にしたがって遠ざかったり近づいたりして、「多少とも広い振幅と多少とも長い停止をともなう高低の差」[*16]を決定することである。それはつまり対立する流れ、対立する極、無罪かつ有罪、自由かつ新たな逮捕などの対立する期間である。本当の無罪放免は問題外で、無罪「あるいは」有罪という問題は、全面的に見せかけの無罪放免の制約下に入り、これが二つの不連続な期間と一方から他方への逆転を決定するのである。そのうえ無罪は、有罪の仮説よりもはるかに倒錯的な仮説である。無罪か有罪かは無限の問題で、それは確かにカフカにとって問題ではない。反対に期限延長は有限で（fini）、無制限で（illimité）、連続的である、と私たちは言おう。それが有限なのは、もはや超越性がないからであり、切片によって作動するからである。被告は、もう

「耐えがたい手続き」をする必要がなく、突然の逆転を恐れる必要もない（おそらく循環は続いているが、「小さな円を描いているだけで、行動はそのなかに人為的に限定されている」[*17]。さらに、この小さな循環は「見せかけ」でしかなく、見せかけの無罪放免の残滓でしかない）。そして期限延長は、無制限で連続的でもある。それはたえず切片に切片を加え、他の切片に接触し、隣接し、断片的に作動して、常に限界を遠ざけるからである。危機が連続的なのは、それがいつも脇で起きることだからである。法廷との「接触」、隣接性が、法の階層秩序にとってかわったのだ。期限延長はまったく肯定的で積極的である。つまりそれは機械の解体とも、アレンジメントの構成とも同時であり、いつもひとつの部品は他の部品の脇にあるのだ。期限延長はそれ自体としてプロセスであり、内在的領野の図面である。[5]『城』において、いかにKがひたすら欲望であるかということは、もっと明白である。ただひとつの問題は、城との「接触」を確立し、あるいは持続すること、「関係」を確立しあるいは持続することなのだ。

（5）無制限の期限延長を、「混乱」、「優柔不断」、「うしろめたさ」などの状態として定義することは、まったく不正確であるように思われる。

第6章　系列の増殖

アレンジメントのこのような働きは、それを分解しつつ、その構成要素と、その関係の性格を考察してはじめて解明されるものである。『審判』の登場人物たちは、たえず増殖してやまない長大な系列のなかに現れる。つまり全員がまさに司法の役人であり手先なのである（そして『城』では全員が城とつながっている）。判事、弁護士、執行官、警官、被告だけではなく、女性、少女、画家ティトレリ、K自身も。そのうえ大きな系列は下位の系列に分割され、これらの下位の系列のほうは、それぞれに、いわば無制限の分裂症的増殖を続けるのである。例えばブロックは同時に六人の弁護士を雇わねばならず、それでも終わりではなく、ティトレリはどれも同じ絵のシリーズを出現させるし、Kはいつも奇妙な若い女たちに出会うが、そのそれぞれのふるまい方は大体同じタイプなのだ（訴訟が始まる前の恋人でキャバレーのホステスのエルザ、「彼を長い間遠ざけておきはしないいつつましいタイピスト」ビュルストナー嬢、判事の愛人で執行官の妻の洗濯女、弁護士の看護婦－女中－秘書のレーニ、ティトレリの家の少女たち）。ところがこれらの増殖する系列の第一の性格は、他では袋小路になって塞がっていた状況を打開するということなのだ。

カフカの作品には、二人組や三人組が頻繁に登場した。しかしそれらが混同されてしまうことはない。家族的起源をもつ主体の三角化は、表象された別の二項との関係において主体の位置を固定することによって成立する（父－母－子）。主体は、言表行為の主体と言表の主体として二重化するのだが、このことは二つの代表者のひとつ、あるいは二人組における主体の運動にかかわる。したがってそれは、たとえ憎みあっていても、親子的であるよりは兄弟姉妹的である。またたとえ敵対的であっても、家族的であるよりは職業的である。カフカにおける二人組は、ほとんどが二人の兄弟あるいは二人の役人の主題に関するもので、ひとりが動いているときにもうひとりは不動のままであったり、二人とも同じ動きをしたりするのである(1)。にもかかわらずデュオとトリオは浸透しあうのである。二人組の一人が動かないでいて、もうひとりに動きを伝えるだけに甘んじているとき、このまったくお役所的な消極性は家族の三角形に由来するように思える。この三角形のなかで子供は動けなくなり、空想にふけるからである。カフカはこの意味で、官僚的精神は家族教育からじかに出て来る社会的効果であるというのだ[2]。そして別の場合には、二人組はいっしょに運動するのであって、その活動自体が、彼らが依存するオフィスの長として第三項を前提としている。まさにこのようにしてカフカは、つねに三人組を、明白に官僚制的な三角化を提示するのだ。二人の役人は当然ながら第三の上司から発現し、二人はその左右にいる。だから逆に役所の二人組が家族の三角形に帰着するならば、家族の三角形のほうは官僚制の三角形に取って代わられるのだ。そしてこれらの形態はカフカのなかで実に錯綜している。「変身」のように、家族の三角形が与えられると、別の性格をもつ一項がそれに付加され、あるいは置換される。支配人がグレゴールの部屋の戸口にやってきて、家族のなかに侵入していく。一体になった役人のトリオが居座り、時的にせよ家族の場を占拠する。「変身」において支配人が侵入する場面は、これを準備しただけだ。あるい

(1) カフカにおいて二つのケースはしばしば重なり合う。一緒に運動する二人組はたとえば『城』の第一章に登場するアルトゥールとジェレミーである。動かない分身は、自分の分身を送って動かせるのだが、これについては、「失踪者」の主題、「判決」、また『城』におけるソルティニとソルディィニを参照（「ソルディィニは、ソルティニに委ねて代表の義務を免れ、仕事を邪魔されないように、名前が似ていることを利用する」）。第一のケースは第二のケースの準備でしかないようだ。アルトゥールとジェレミーさえも別れて、アルトゥールは城に戻り、ジェレミーは村で忙しく働いて青春を台無しにしてしまう。分身の官僚的性格については、ドストエフスキーの傑作『二重人格』を参照。

(2) *Journal*, p. 475〔『日記』、一九一六年八月二七日、三六四―三六五頁〕、*Lettres à Felice*, II, p. 806〔『決定版カフカ全集 11 フェリーチェへの手紙(II)』城山良彦訳、新潮社、一九八一年、六五六頁（一九一六年九月一六日）〕。

はまた『審判』の冒頭のように、家族の三角形はあらかじめ存在するわけではないが（父親は死に、母親は遠くにいる）、まず一項が侵入し、そして別の一項が侵入してきて、二人組の警官として作動し、ついで巡査長という第三項によって三角形が形成される。そして、この非家族的三角形の変身が目撃されるのだが、それは銀行員の官僚的三角形、覗き見する隣の住人の三角形、ビュルストナー嬢と写真のなかの彼氏たちのエロティックな三角形などに次々変化していくのだ。

私たちが行っているこのあまりに錯綜した描写、私たちが区別しているこのもろもろのケースは、ただひとつの目的をもつだけである。二人組であろうと三角形であろうと、それらが相互に帰着し浸透しあおうと、とにかく何かが封鎖されている。なぜ二つか三つであって、それ以上ではないのか？　なぜ二つは三つに帰着し、三つは二つに帰着するのか。「変身」の妹のような別の項が存在する場合には、この項自体が二重化され、三角化されることは、どのようにして阻止されるのか。グレーテ・ブロッホを介入させて、二人だけの関係から脱出しようとするカフカの試みにもかかわらず、そのようにして手紙は挫折するし、三角形の外に出ようとするグレゴールの試みにもかかわらず、そのようにして動物の短編は挫折するのである。

際限のない長編小説によって解決される根本問題のひとつはまさに次のようなものだ。カフカの長編小説に常に存在する二人組や三角形は、実は冒頭に出現するだけである。そして初めから、それらはあまりに不安定、あまりに柔軟で変形可能なので、それらはもろもろの系列にむけてみずからをすっかり開放する準備をしており、系列はもろもろの項を破裂させることによって、二人組や三角形の形式を破壊するのだ。しかし「変身」では、まったく排他的な家族の三角化が堂々と回帰してくることによって、妹も兄も封鎖されてしまうのだから、正反対のことが起きていたのだ。かんじんなことは、「変身」が傑作かどうかではない。確かにカフカの問題はそれでは解決されないのだ。彼が長編小説を書くことを妨げるのは何なのかということについても「変身」は巧みに語っているし、それはカフカ自身が意識していることでもある。彼にとって家族主義的な小説、あるいはカップルがテーマの小説、カフカ家の物語(サガ)、田舎の婚礼を書くのは耐え難いことだった。ところがすでに『アメリカ』において、彼は増殖する諸系列という解決法を予感していたのである。『審判』において、『城』において、彼はそれをすっかり自分のものにしている。しかしそうなると長編小説が終わる理由はまったくなくなる。(バルザックや、フロベールや、ディケンズのように書かないかぎりは。しかし彼らをいかに称賛しようとも、やはりそれはカフカが望むことではない。バルザック式の社会的でさえある系譜学も望まず、フロベール流の象牙の塔も望まず、ディケンズ風の「ブロック」も望まない。彼自身ブロックについて別の考え方をしているからである。彼が師匠とみなすのはクライストだけだ。クライストもまた巨匠たちを嫌っていたが、カフカに与えた深い影響を考えても、クライストは別の存在なのだ。それについては、別の地平で、別の仕方で語らねばならないだろう。クライストの問題は、「マイナー文学とは何か、そしてまた政治的集団的文学とは何か」ではなく、「戦争文学とは何か」である。それはカフカの文学と無関係ではないが、同じものではない)。

三角形を無制限に変形することによって、また二人組を際限なく増殖させることによって、カフカは、ある内在平面を切り開くのであり、これは解体、分析として作動し、彼の時代にはまだ扉を叩くものにすぎなかった力、社会的動向、勢力の診断として作動する(文学が意味をもつのは、ただその表現機械が内容に先行し内容を導くことによってである)。そしてある水準では二人組や三角形を経由する必要さえなく、中心人物が直接に増殖するのである。その例がクラムであり、もちろんKである。こうしてまさに諸項が逃走線のうえに配置され、隣接する切片にしたがってこの線のうえを移動する。警察の切片、弁護士の切片、判事の切片、聖職者の切片などがある。二重の、あるいは三角形の形態を失うにつれて、これらの項はもはや法の階層化された代表者として、明白に出現することはないし、また単にそのようなものとして出現することもない。そうではなくもろもろの項は、司法のアレンジメントの動因となり、密接に関連しあう歯車となり、それぞれの歯車は欲望の立場に対応し、あらゆる歯車と立場は、継起する連続性によって交通しあうのである。この点で「最初の尋問」の場面は典型的で、そこで法廷は、判事を頂点として、そこから右辺と左辺として発する両サイドという三角形の形態を失うことになり、同一の連続線上に整列されている。この線は単に二つの党派を「結合」しているのではなく、次のものを隣接させながら延長されるのだ。「金銭ずくの刑事、まぬけな巡査部長と予審判事、さらには上級の判事たちで、彼らにはたくさんの不可欠な下僕、書記、憲兵や他の補佐たちの一行、たぶん処刑人さえもついている」[*1]。そしてこの第一の尋問の後には、ますますオフィスの隣接構造が三角形の階層秩序にとってかわる。あらゆる官僚は「金銭ずく」であり「買収され」ている。すべてが欲望であり、あらゆる線が欲望である。権力をあやつり、抑圧に手をそめる者ばかりか、権力と抑圧を耐え忍ぶ被告にいたるまで（参照：被告人ブロック。「彼はもはや依頼人ではなく、弁護士の犬だった」[*2]）。ここで欲望を、権力の欲望として、抑圧し、さらには抑圧される欲望として、サディスムやマゾヒスムの欲望として受けとるのは明らかに誤りである。カフカの観念はそういうものではない。権力の欲望などというものはなく、権力自体が欲望なのである。欠如としての欲望ではなく、充溢、実践、働きとしての欲望があるだけであり、一番下っ端の役人に至るまでこの通りなのだ。ひとつのアレンジメントとして、欲望とは、機械のもろもろの歯車と部品、機械の力能と厳密に一体なのである。そして誰かが権力についてもつ欲望とは、この歯車の魅惑であり、これらの何らかの歯車を作動させたいという欲求、自分自身もこの歯車の一部でありたいという欲求なのだ——あるいはやむを得ない場合も、この歯車に処理される材料となりたいのであり、この材料さえもやはりそれなりにひとつの歯車なのだ。

もし私が機械を使って書く作家でないなら、少なくとも機械に刻印される紙でありたい。もはや機械の技師でないなら、少なくとも機械に取り込まれ加工される生きた素材でありたい。それはおそらく技師の地位よりもずっと重要で、ずっと歯車に近い地位なのだ（たとえば「流刑地」の下級士官や『審判』の被告たち）。問題はしたがって、サディスム的とマゾヒスム的として抽象的に提起される二つの抽象的な欲望、つまり抑圧する欲望と抑圧される欲望という問題よりもはるかに複雑である。抑圧とは、抑圧者の側でも抑圧される者の側でも、なんらかの権力－欲望のアレンジメントから、なんらかの機械の状態から発現するものである――なぜならある奇妙な協調というものがあって、階層秩序よりも連結において、技師も材料も等しく必要であるからだ。抑圧のほうが機械に依存するのであって、その逆ではない。したがって奴隷や被告に対する無限の超越性として権力「一般」というものが存在するのではない。法はそう信じ込ませようとするが、権力とはピラミッドのようなものではなく、切片的であり線形的であり、高さや遠さによってではなく隣接性によって機能する（だから下役が重要になるのだ）[3]。それぞれの切片が権力であり、ある欲望の形象であると同時に、ある権力なのだ。それぞれの切片が、ある機械であり、またはある機械部品であるが、機械が解体されるときは、その隣接する部品のひとつひとつがまた機械となり、より多くの場所を占めるようになる。官僚制の例をみてみよう。カフカはこれに魅せられているし、カフカ自身が「保険機構」における未来的官僚なのである（そしてフェリーチェはインターフォンを、つまり二つの部屋のあいだの切片的な接続を担当している）。官僚制に属する、抑圧したり抑圧されたりする欲望があるわけではなく、ひとつの官僚的切片が、その権力、その人員、そのクライアント、その機械とともに存在するだけだ。あるいはむしろバルナバスの体験にみられるように、あらゆる種類の切片が、つまり隣接するオフィスが存在するのだ。これらはみんな見かけとはちがって実は同等に欲望として、つまりアレンジメントそれ自体の作動として官僚制を構成しているのだ。圧政を敷くもの、敷かれるもの、抑圧者と被抑圧者の分割は、それぞれの機械の状態から発生するのであり、その逆ではない。これは第二の帰結であって、『審判』の秘密とは、K自身が弁護士でもあり、彼自身が判事でもあるということだ。官僚制とは欲望なのだ。つまり抽象的欲望ではなく、何らかの切片において、機械の何らかの状態によって、何らかの契機において決定される欲望なのである（たとえばハプスブルク家という切片的な君主制）。欲望としての官僚制は、一定数の歯車の働きと一定数の権力の行使と一体であり、このような権力は、それが支配下におく社会野の構成にしたがって、その機械を操作するものと機械によって操作されるものとを等しく決定する。

ミレナはカフカについて言っていた「彼にとって人生は、他の人々が思い浮かべるのとはまっ

（3）ミシェル・フーコーは今日あらゆる経済的政治的問題を革新する権力の分析をおこなった。まったく異なる手段を使っているが、この分析はカフカとの共通点がないわけではない。フーコーは、権力の切片性、その隣接性、社会野におけるその内在性を強調している（それは魂や主体における超自我に似た内面性を意味するわけではない）。彼が説明しているのは、権力は決して、暴力かイデオロギーか、説得か強制かといった古典的二者択一によって機能するのではないということである。『監獄の誕生』を参照。すなわち「規律」社会における権力の内在性あるいは多様性の領野。

たく違うものだった。金銭、株式市場、外貨、タイプライター、、、、、などは、彼にとって神秘的なもの、（…）また素晴らしい謎であり、それが商業的なものであったからこそ、感動的なナイーヴさで彼はそういうものに感心した」[4]。ナイーヴさだろうか？　カフカは単なる技術的機械に感心しているわけではない。そうではなく、技術的機械は単に、もっと複雑なアレンジメントのための指標にすぎないことをよくわきまえている。そのアレンジメントが、操縦者、部品、材料、機構に組み込まれる人員、処刑人と犠牲者、有能なものと無能なものを同じ集団的総体において共存させる。――おお欲望、それ自身から流出するものなのに、そのたびに完璧に規定されている。この意味で、権力の切片そして欲望の立場にほかならない官僚制的エロスが存在する。また資本主義的エロスも存在する。またファシズムのエロスも存在するのだ。あらゆる切片は可変的な隣接性にしたがって交通しあう。資本主義のアメリカ、官僚制のロシア、ナチのドイツ――ほんとうはあらゆる「未来の悪魔的勢力」があり、カフカの時代に、切片となり隣接する衝撃によって扉を叩く勢力があったのだ。欲望とはすなわち歯車に分解される諸機械であり、諸機械を構成する歯車である。切片の柔軟な動き、壁の移動。欲望は根本的に多義的であり、その多義性からはすべてに浸透する唯一の同じ欲望が生まれる。『審判』の多義的な女性たちは、同じ享楽によって、判事たち、弁護士たち、被告たちをたえず楽しませる。そしてフランツの叫び、盗みをして処罰される警官、Kが銀行の、自分のオフィスの廊下の物置で耳にした叫びなどは「苦痛機械からくる」ように思われるが、それはまた快楽の叫びでもあって、決してマゾヒストの傾向ではなく、苦痛機械はたえず自分自身を享楽する官僚機械の一部であるからだ。

また権力に、あるいは権力機械に対立する革命的欲望があるわけでもない。カフカには、社会的批判の意図的な欠如があることは、すでに見たとおりである。『アメリカ』において、もっとも過酷な労働条件もKは批判する気がなく、ホテルから追い出されるのをますます心配するばかりである。チェコの社会主義的無政府主義的運動には共感していたが、カフカはその道を歩もうとはしない。労働者の列とすれ違うとき、カフカは『アメリカ』のKと同じように無関心である。「この連中こそ世界の主人なのだ。けれど彼らはまちがっている。彼らの背後で、すでに事務員たち、役人たち、職業的政治家たち、現代のあらゆる殿様たちが前進していて、彼らはこうした殿様が権力につくのを準備しているだけだ[*3]」。つまりロシア革命は、カフカには、激変や革新であるよりもむしろ新しい切片の生産であるように見える。ロシア革命の拡張は、前進であり、切片的推進であり、暴力が煙をあげることなしにはすまない成長である。「煙は蒸発し、後に残るのは新しい官僚制の器である。拷問される人類の鎖は省庁の書類のなかにある[*4]」。ハプスブルク家の官僚制からソヴィエトの新しい官僚制へと変化が起こったことは否定できないが、それは機械の新しい歯車であり、

（4）ヴァーゲンバッハによる引用、*Franz Kafka, Années de jeunesse*, p. 169.〔『若き日のカフカ』、一七三頁〕

あるいはむしろこんどはひとつの歯車が新しい機械を生み出すのだ。「社会保険は労働者の運動から生まれた。だから進歩の光輝く精神がそのなかに生きているにちがいない。それなのにそこに私たちが見ているものは何か。この制度は官僚たちの薄暗い巣窟にすぎず、彼らのあいだで私はただひとりの代表的ユダヤ人として働いている」(5)。明らかにカフカは自分のことを党派だと思ってはいない。社会主義者の友人がいても、自分を革命派とさえ思っていない。彼がわかっているのは、すべての関係が、表現の文学機械に彼を結びつけており、彼は同時にその歯車、技師、官僚、そして犠牲者であるということだ。それなら社会的批判を経由しない、経由することのできない独身機械において、彼はどうふるまうのか。いかに革命をおこなうのか。彼はチェコで使用されるドイツ語に対したのと同じように立ち向かうのである。というのもそのドイツ語はいくつかの理由で脱領土化された言語であり、さらに遠くまで脱領土化は進むのであるが、過剰、反転、濃厚化によってではなく、簡素化によって進むのである。簡素にすることによって、言語を直線上に滑らせ、その切片化を促進し加速するのである。表現は内容を牽引し、内容がまた表現を牽引しなければならない。『審判』に出現するような系列の増殖は、こういう役割を果たしている。なぜなら世界史は、決して永遠回帰からなるのではなく、いつも新しく、ますます硬化する切片の増進からなり、その切片性の速度、切片的生産の速度は加速され、切片化された系列は勢いを増し、さらに増強されるのである。集団的社会的機械は、人間の大規模な脱領土化をひきおこすので、私たちはこの方向にさらに遠く進み、絶対的分子的脱領土化に至るのだ。批判はまったく無用である。はるかに重要なのは、現勢的ではないがすでに現実的な潜在的運動に与することである（順応主義者や、官僚たちは、たえず運動をしかじかの点におしとどめようとする）。問題は最悪の政治などではなく、文学的風刺ではないし、ましてサイエンス・フィクションでもない。

この切片化の加速または増殖の方法は、有限、隣接、連続、無制限に与するのである。これにはいくつか利点がある。アメリカは硬化し、みずからの資本主義を加速しつつある。オーストリア帝国の解体とドイツの台頭はファシズムを準備している。ロシア革命はすさまじい速度で前代未聞の新しい官僚制を生んでいる。プロセスのなかの新たな事態、「反ユダヤ主義が労働者階級を蝕んでいる」等々。資本主義の欲望、ファシズムの欲望、官僚制の欲望。〈死の欲動〉もある。すべてが勢ぞろいして扉をたたいている。もろもろの切片の加速された連鎖を断つために、公式の革命に期待することなどできないのだから、文学機械に期待することになる。この機械は切片の加速を先取りし、もろもろの「悪魔的勢力」が形成される前に、これらを追い越すのである。アメリカニズム、

（5）Gustav Janouch, p. 165〔ヤノーホ、『カフカとの対話』、二八二頁〕。そして先の引用は p. 108〔一九六頁〕。（ヤノーホはある日カフカが〈社会保険〉の事務所の玄関で頭を下げ、震えているような仕草をして、「大きくカトリックの十字架を切る」様子を語っている（p. 90）〔一六七頁〕）。

（6）Gustav Janouch, p. 138〔ヤノーホ、二三五頁〕。

ファシズム、官僚制など。つまりカフカが言ったように、鏡ではなく、進んだ時計であること。[6] 抑圧者と被抑圧者のあいだに、まして欲望の種類のあいだに、確かな区別を設けることは不可能なのだから、それらすべてを、大いに可能な未来のほうに牽引しなければならない。このように牽引することが同時に、逃走や防御の線を生み出すことを希望しながら。たとえそれはつつましい、不安な、そしてとりわけ有意的でない線であるとしても。それは動物が、自分にふりかかる運動に与し、それをもっと遠くに推進し、敵のほうに戻り、逆襲し、出口を見出すようなものだ。

しかしまさに私たちは、〈動物になること〉とは全く別の領域に移ったのである。確かに〈動物になること〉はすでに出口を穿っていたが、そこになだれ込むところまではいかなかった。確かにそれはすでに絶対的脱領土化を実現していたが、きわめて緩やかにであり、単にそのひとつの極において実現していたにすぎない。だからまた捕獲され、再領土化され、新たに三角化されたのである。動物になることは、家族の事情にとどまっていた。系列あるいは切片の増進とともに、私たちはまったく異なる事態に、はるかに奇妙でもある事態に遭遇するのだ。大規模な機械に特有の、社会主義も資本主義も等しく横断する人間の脱領土化運動は、もろもろの系列にそって、高速で実現することになる。こうして欲望は二つの共存する状態に入ることになるのだ。一方で欲望は何らかの切片に、何らかのオフィスや機械あるいは機械の状態に取り込まれ、何らかの表現形式において結晶した何らかの内容形式に結合されるであろう（資本主義的欲望、ファシスト的欲望、官僚制の欲望など）。他方では同時に、まさに線の上を逃走し、解放された表現に牽引され、変形した内容を牽引し、内在性あるいは司法の領野の無制限性に到達し、出口を、厳密な意味での出口を見出す。そして機械とは、単に欲望の歴史的に規定された凝結にすぎないこと、欲望はそれをたえず解体し、たえずうなだれた頭をもたげるということを発見するのだ（資本主義、ファシズム、官僚制に対する闘争、仮にカフカが「批判」に身を委ねた場合よりもはるかに強度なものとなる闘争）。欲望のこれら二つの共存する状態は、法の二つの状態でもある。一方でパラノイア的超越的な法は、有限の切片を揺り動かし、それを十全な対象として、あちこちで結晶させる。他方でスキゾ的内在的な法は、司法、アンチ法、「手法」として機能し、それがあらゆるアレンジメントにむけてパラノイア的〈法〉を解体するのである。なぜならやはりこの場合も、内在性のアレンジメントの発見と、その分解とは同じことであるからだ。機械状のアレンジメントを分解すること、それは〈動物になること〉によっては把握することも、まして創造することもできなかった逃走線を、現に創造し把握することである。これはまったく別の線であり、まったく別の脱領土化なのだ。この線はただ精神においてだけ現前するものだ、などと言わないでほしい。確かに、書くことさえもやはりひとつの機械であり、書くことも、たとえ出版されなくても、ひとつの行為なのだ。書くことの機械もまた機械であり（他のものに比べて上部構造でもイデオロギーでもなく）、資本主義、官僚制、ファシズムの機械のなかに取り込まれ、あるいはつつましい革命的線を描くのである。カフカの常に変わらない観念を肝に銘じよう。たとえ孤独な技師とともにあるにすぎなくても、表現の文学機械は、否応なく集団全体にかかわる諸条件において内容を先取りし、加速することができるということである。反叙情性、つまり「世界を把握すること」、それは世界から逃走し、あるいは世界を愛撫することではなく、世界を逃走〔流出〕させることである。(7)

欲望あるいは法のこの二つの状態を、私たちはいくつかのマイナーな水準で発見することができる。その二つが共存する状態を強調しなければならない。なぜならまさに私たちは前もって、こちらには悪しき欲望が、あちらには善き欲望があるというふうには言うことができないのだ。欲望とはまったく切片的なスープやお粥のようなもので、官僚制やファシストの断片などでさえも、やはり、あるいはすでに、革命的な動揺のなかにある。ただ運動のなかでだけ欲望の「悪魔性」とその「潔白性」を区別することができる。なぜなら一方は他方の根底にあるからである。なにひとつ前もって存在しているわけではない。カフカは、無批判の力ゆえに危険なのだ。私たちに言えることはただ、互いのうちに取り込まれる二つの運動があるということである。一方は大きな悪魔的アレンジメントのなかに欲望を捕獲し、ほとんど同時に下僕や犠牲者、指導者や従者をまき込み、人間の大規模な脱領土化を実現するが、オフィスや監獄や墓地のなかのことでしかないとしても、この脱領土化は人間を再領土化する運動でもある（パラノイア的法）。もう一つの運動は、あらゆるアレンジメントを通じて欲望を逃走させるもので、あらゆる切片に接触するが、どれにも取り込まれることがなく、脱領土化の勢力の潔白性を、たえずより遠くに移動させる。脱領土化は出口と同じことである（スキゾ的法）。だからこそカフカの「主人公たち」は、大規模な機械に対して、アレンジメントに対して、実に奇妙な立場を獲得している。その立場によって彼らは他の人物と区別されるのだ。「流刑地にて」の将校は、機械工として、次には犠牲者として機械のなかに入るし、また長編小説の多くの登場人物は何らかの機械的状態に所属し、その外に彼らの存在はない。反対にKと、彼の分身である何人かの人物は、いつも機械に対して一種の隣接状態にあり、いつも何らかの切片に接しているが、それでいていつも遠ざけられ、外に置かれ、ある意味ではあまりに敏速で、それらに「取り込まれる」ことがない。『城』におけるKがまさにそうだ。切片的な城に対する常軌を逸した彼の欲望。まさに欲望には前もって指標など存在せず、その外部的位置は妨げられることがなく、それによって欲望は近接性の線そのものの上を滑っていくのだ。スキゾ的法とは近接性にほかならない。同じように、『城』においてバルナバスという使者はKの分身のひとりであるが、私人として使者であるにすぎず、伝言を受けとるにあたっては実に素早いにちがいないのだが、同時にこの速さのせいで、彼は公的業務からも、切片的な重さからも排除されているのだ。同じよう

（7） Gustav Janouch, p. 37〔ヤノーホ、七五頁〕：「あなたは、出来事と対象そのものよりも、事物が内面に喚起する印象について語っている。それは抒情というものです。世界を把握するのではなく、愛撫しているのです」。

に、『審判』においてKの分身のひとりである〈学生〉は公の執行官を先回りして、執行官が伝言をもっていく間に執行官の妻を奪ってしまうのだ（「私は大急ぎでもどったのですが、学生は私よりずっと素早く動いたのです」）[*5]。二つの運動のこのような共存、欲望の二つの状態、法の二つの状態は、決して躊躇を意味しているのではなく、むしろ内在的な実験を意味しているのであって、これはあらゆる超越的指標を欠いたまま、欲望の多義的要素を明確にする。「接触」、「隣接」はそれ自身が積極的連続的な逃走線なのである。

この諸状態の共存は「夢」というタイトルで発表された『審判』の断片に明白に表れている。まず滑走または脱領土化の素早い快活な運動があり、それはすべてを近接状態におき、夢想家がそれでも苦境に陥ってしまうときも、大気中に野放図な形態を放出して完結するのである（「そこにあるのは実に人を惑わせるように蛇行する錯綜した数々の通路であったが、彼は完璧にバランスをとり、早い流れに乗るようにして、それらの一つのうえを滑降するのであった」）[*6]。他方では、次のような通路、素早い切片もまた存在して、次々と夢想家の死をもたらす再領土化を実現する（遠くの塚――突然すぐ近く――墓掘り人たち――突然芸術家の登場――芸術家の当惑――墓の上の芸術家の文字――地面に穴を掘る夢想家――彼の墜落）。おそらくこの文章は、『審判』の偽の終わり、硬化した切片のうえでのKの死にいたる再領土化、「切りだされた石」を明らかにしている。

これら二つの運動、欲望、あるいは法の状態は、私たちの出発点だった事例にもやはり見出される。写真とうなだれた頭である。なぜなら表現形態としての写真はまさにオイディプス的現実として、幼児期の記憶あるいは夫婦関係の約束として機能したのである。写真は欲望をアレンジメントのなかに捕獲し、アレンジメントは欲望を中和し、再領土化し、そのあらゆる連結から切断する。写真は変身の失敗を示していた。したがってそれに対応する内容形式は服従の指標としてのうなだれた頭であり、それは審判されるもの、さらには審判するものの身振りであった。しかし『審判』では、私たちは写真、肖像、イメージの増殖の力能に立ち会うのである。増殖は初めから、ビュルストナー嬢の部屋の写真とともに始まり、写真それ自体が、それを見るものを変身させる力を持っている（『城』においては、自分を変身させる力をもっているのはむしろ写真あるいは肖像のなかの人物たちである）。ビュルストナー嬢の写真から、判事の本のなかの猥褻なイメージに、そしてKがレーニに見せるエルザの写真へと場面は移る（カフカはフェリーチェと最初に出会ったとき、ワイマールの写真について同じことをしている）。さらにティトレリの絵の際限のないシリーズ。これについてはボルヘスのように、どの絵もまったく同じなので、そこにはなおさら多くの差異が含まれている、とでもいうことができよう[8]。要するに、欲望の一種の人為的領土性を画してい

（8）同じように、『城』のなかでバルナバスは、「クラムの様々な人物像」と実際に姿を現したときを比較しながら、その差異は非常にわずかで言いがたいのでなおさら人を面食らわせると言うのだ。

た肖像や写真は、いまは状況と人物の動揺の中心となり、脱領土化の運動を加速する連結器になる。表現はみずからの強制的形態から解放され、同じく内容の解放さえも引き起こす。つまりうなだれた頭の服従は、もたげる頭あるいは逃走する頭の運動と、まさに結合されるのである。天井の下で背中をかがめ、〈法〉を物置においやってしまいがちな判事から、土を盛った塚のうえを歩かないように、「身をかがめずに、前に乗り出す」あの「夢」の芸術家まで。写真と頭の増殖は、新しい系列を開放し、以前は未踏のものだった領域、無制限の内在性の領野として広がる領域を探索するのである。

第7章　連結器

ある種の系列は特別な項によって構成される。これらの項そのものは、通常の系列において、一系列の最後あるいは別の系列の最初に配置され、諸系列が連鎖し、変形され、増殖する仕方、ひとつの切片が別の切片に付加され、あるいは別の切片から生じる仕方を画定するのである。したがってこれらの特別な系列は、連結器の役割を果たす目覚ましい項からなりたっている。なぜならこれらの項が、それぞれの場合に、内在的領野における欲望の連結を増加させるからである。例えばそれはカフカに付きまとって離れないタイプの若い女性であり、『城』でも『審判』でもKはそういう女性に出会うのだ。この若い女性たちは何らかの切片に結合されているようである。Kが逮捕される前の恋人エルザはあまりにも銀行の切片に密着していて訴訟のことは何もわからず、Kは彼女に会いに行きながら、もはや訴訟のことを考えず、銀行のことしか考えない。洗濯女は、執行官から予審判事にいたる下級役人たちの切片に結ばれているし、レーニは弁護士たちの切片に結ばれている。『城』においてフリーダは、事務員と役人の切片に、オルガは使用人たちの切片に結ばれている。しかしこの若い女性たちがそれぞれの系列においておのおの引き受ける目覚ましい役割のせいで、彼女らは全体として、ある驚異的な、独自に増殖する系列を構成し、この系列はあらゆる切片を貫通し、切片に衝撃を与えるのである。それぞれの女性がいくつかの切片のあいだの転回点になっているばかりか（たとえばレーニは同時に弁護士、被告人ブロックそしてKを撫でまわす）、さらにはそれぞれが、しかじかの切片におけるみずからの観点に応じて、本質的なことと「接触し」、「関係し」、「隣接する」。つまり連続的なものの際限のない勢力としての〈城〉と〈審判〉とともにあるのだ。（オルガは言う「私が城との関係を続けるのは、使用人たちを介してだけではありません。それは私なりの努力があってのこと。（…）この観点から事態をながめるなら、召使や使用人から私が家族のためにお金を受けとることも、たぶん許されることよ[*1]」）。だからこの女性たちのそれぞれがKに助力を申し出ることになる。彼女らをかきたてる欲望において、また同じく彼女らが呼び覚ます欲望において、彼女らは、〈裁判〉と〈欲望〉と若い女性あるいは娘が、根底的に同一であることを証明している。若い女性は〈裁判〉に似て原則を欠き、〈運まかせ〉であり、

「おまえがやってくれば捕まえ、去るならば放っておく」[*2]。『城』に属する村に流布する「ことわざ」によれば、「役所の決定は若い娘のように引っ込み思案だ」[*3]。Kは役所のほうに走るイェレミーアスに言うのだ「フリーダへの欲望に、おまえは急にとりつかれてしまったんだね、僕だって同じさ。だから足並みを合わせて行こう」[*4]。Kは猥褻な、あるいは好色な、好奇心にみちた男として弾劾されるかもしれないが、これは裁判そのものの正体でもある。社会的備給そのものがエロティックであり、逆にもっともエロティックな欲望があらゆる政治的社会的備給を実現し、社会野の全体を追求するということを、これ以上よく表現するものはない。そして若い娘や女性の役割は、彼女が切片を裁断し滑走させ、自分がかかわる社会野を逃走させ、無制限の線のうえに、欲望の無制限の方向に社会野を逃走させるときには、きわだったものになる。学生が洗濯女を強姦しようとしている最中の法廷の扉で、彼女は、Kも、判事も、傍聴者も、審理そのものもすべて逃走させるのである。レーニは、叔父、弁護士、事務局長が談義をしていた部屋からKを逃がしてやるが、Kは逃げても、ますます訴訟を引きずっていくことになる。勝手口を見つけるのはほとんどいつも若い女性であり、この女性が、遠くにあると思えた場所との隣接性を発覚させ、連続的なものの力能を復活させ、あるいは確立する。『審判』の神父はそのことでKをたしなめる。「あなたは他人の助けに頼りすぎる。特に女の助けに」[*5]。

　黒い悲しげな瞳をしたこの種の若い娘とは、いったい何ものなのか。彼女たちの首は剝き出しで何もつけていない。彼女たちは呼びかけ、体を摺り寄せ、男の膝に座り、手を取り、撫でまわし撫でまわされ、抱擁し、歯型を残し、逆に残され、男を犯し犯され、ときには窒息させ、叩き、まるで暴君のようであるが、男が去るのを放っておき、あるいは去るように仕組みさえし、追い払い、いつも他の場所に厄介払いする。レーニの指は水かきのようにくっついており、それは〈動物になること〉の痕跡のようだ。しかし彼女らは、もっと特徴的な混合状態を呈する。ある部分では姉妹、別の部分では女中、さらに別の部分では娼婦なのだ。彼女らは夫婦関係や家族関係の対極にある。すでに短編小説において、「変身」の妹は、商店の売り子に雇われ、グレゴール－虫の女中になり、両親が部屋に来るのを邪魔し、毛皮を着た婦人の肖像にグレゴールがあまりにご執心のときだけ、グレゴールに歯向かう（そのときやっと彼女は家族とよりをもどし、同時にグレゴールの死を決断する）。「ある戦いの記録」において、すべては女中のアネットから始まる。「田舎医者」においては馬丁が、うら若い女中ローザに飛びつき、同じく『審判』の学生は洗濯女に飛びついて、頬に二つの歯列のあとをつけるが、一方で妹は、兄の横腹に致命的な傷を見出すのである。しかしこれらの若い女性たちは長編小説において発展するのが見られる。『アメリカ』において、Kを犯すのは女中であり、彼女がきっかけで、最初の脱領土化としてKは追放されるのである（プルーストの小説で、アルベルティーヌに口づけするとき話者が息をつまらせるのとよく似た、息のつまる場面がある）。それから、あだっぽい、あいまいな、暴君的な妹タイプの娘が、Kに柔道の組手をしかけるが、これは叔父との絶縁の瞬間のことであり、主人公に第二の脱領土化をもたらすのだ（『城』においてはフリーダ自身がKの重大な不貞を訴えて直接に絶交を決めるのだが、それは単なる嫉妬ではなく、法の審判の結果である。なぜならKは、オルガとの「接触」をあてにし、オルガの切片にしたがうことを選んだからである）。『審判』と『城』は、このような女性たちを増殖させていくが、彼女らは、姉妹、女中、娼婦の特性を、さまざまな身分において集積している。オルガは城の使用人たちの娼婦である、等々。マイナーな人物たちのマイナーな特性は、意図的にマイナーであろうとし、そこから転覆の力を引き出そうとする文学のもくろみのなかにある。

　三つの特性が、逃走線の三つの構成要素に、また自由の三つの段階に対応する。すなわち、運動の自由、言表の自由、欲望の自由である。（１）**姉妹たち**。それは家族に属しながらも、家族の機械を逃走させる最強の傾向をもつ姉妹たちである。「妹たちと一緒のとき、私は別の人たちと一緒のときとはまったく違う人間であるということがよくあった。特に昔はそうだった。私は大胆で率直で力強く意外で感激屋であったが、私がいつもそんなふうになれるのは、ただ文学的創造においてだけにすぎない」[1]。（カフカはいつも文学的創造を、砂漠のような世界の創造とみなしていたが、その世界の住人は彼の妹たちであり、そこで彼は運動の無限の自由を享受するのである）。（２）**女**

（１）*Journal*, pp. 281-282〔『日記』、一九一三年七月二一日、二二五頁〕

中や下働きの女性たち等々。こうした女性たちこそ、すでに官僚制機械に取り込まれていながら、この機械を逃走させる傾向を大いにもっている。女中の言語はシニフィアンでも音楽的でもなく沈黙から生まれた音であり、カフカはそれをいたるところに探し求めるのだが、そのなかでは言表がすでに集団的アレンジメントの、集団的愁訴の一部分であり、そこには隠された、あるいは物事を変形する言表行為の主体などないのである。表現の、純粋な、運動する物質があるだけだ。彼女らのマイナーな人物の特性はそのことに由来し、文学的創造に対してはまったくよく適合するのである。「沈黙し服従するこれらの人物は、彼らが実行するとみなされることをすべてやってのける。(…)彼らが横柄な目で私を見つめているのを私が想像するならば、まさに彼らは現実にそうするのだ[2]」。(3)**娼婦たち**。おそらく彼女らはカフカにとって、家族的、夫婦的、官僚制的といったあらゆる機械の交点にあり、彼女らはこの機械をなおさら逃走させるのだ。彼女らがもたらすエロティックな呼吸困難や喘息発作は、圧力や重さからくるものではなく、決して長続きするものでもなく、彼女らといっしょに脱領土化の線にのめり込んでいくことからくる。「見知らぬ土地で、空気さえも故郷の空気の元素とはひとつも共通点がない国で、追放状態に窒息するしかなく、常軌を逸した誘惑のただなかで、ただ歩き続けること、迷い続けることしかできない国で[3]」――しかしこれらの要素はどれひとつとして、それ自体で意味をもつものではない。カフカの夢見る奇妙な組み合わせが形成されるためには、同時に、可能ならば同一人物において三つが必要である。ある女を女中として、また同時に姉妹として、娼婦として扱うこと。[4]

この結合の定式は、総体として意味を持つものにすぎず、まさにスキゾ−近親相姦の定式である。精神分析とは何も理解しないものだから、二種類の近親相姦をいつも混同してきた。姉妹は母の代理、女中はひとつの派生物、娼婦は反動的形成物だというわけである。「姉妹−女中−娼婦」のグループは、せいぜいマゾヒズム的な転回点として解釈されるにすぎないが、精神分析はマゾヒズムについても何も理解していないので、それを気にかけることはないというわけだ。

〔まずマゾヒズムに話題を移すことにしよう。カフカは精神分析の本において描写されるようなマゾヒズムとは何の関係もない。一九世紀及び二〇世紀初頭の精神医学の所見のほうが、マゾヒズムについてずっと正当な臨床的分類表を与えている。だからカフカはおそらくマゾヒズムの現実

（2）*Journal*, p. 379〔『日記』、一九一四年七月二九日、二九八頁〕

（3）*Le Château*, p. 47（フリーダと一緒の場面）。〔『決定版カフカ全集6　城』前田敬作訳、一九八一年、新潮社、五〇頁〕

（4）階級闘争は、すでにカフカの家族と商店にも、女中や使用人の水準にも食い込んでいる。これは『父への手紙』の基本的主題の一つである。カフカの妹たちのひとりは、女中たちや田舎の生活への好奇心ゆえに叱責される。カフカが最初にフェリーチェに会ったとき、彼女は「首に何もつけていないし」、「顔は無表情で」、「鼻はほとんど歪み」、大きな歯をもっている。彼は彼女を女中扱いしているが（*Journal*, p. 254〔『日記』、一九一二年八月二〇日、二〇六頁〕）、妹そして娼婦とみなしてもいる。しかし実際の彼女は、そういう存在ではない。カフカと同じくすでに要職につく役人であり、最後には職場のリーダーになる。カフカは官僚制の歯車や切片の調整に立ち会い、そこから秘密の快楽を引き出す。

的地図作製法と、ザッヘル＝マゾッホ当人と、何かを共有しているのだ。その主題は多くのマゾヒストに見出されるものだが、近代の諸解釈においては抹消されてきた。場当たり的に引用してみよう。悪魔との協定、夫婦の契約と対立し、それを遠ざけるマゾヒズム的「契約」、吸血鬼的な手紙への愛着と必要（マゾッホによって管理された手紙、新聞に出た短い広告、マゾッホ－ドラキュラ）、動物になること（たとえばマゾッホにおける熊になること、または毛皮は父とも母とも関係がない）、女中と娼婦に対する好み、監獄の残酷な現実（これは単にマゾッホの父が監獄の所長であったからではなく、幼いマゾッホが囚人を目にし、頻繁に会っていたからである。最も遠い場所あるいは過剰な隣接性を獲得すること）、歴史的備給（マゾッホは一大世界史の連作と切片を書こうと構想し、独特の様式で、抑圧の長大な歴史をとりあげ凝縮させようとした）、決定的な政治的発想、つまりボヘミア出身のマゾッホはチェコのユダヤ人カフカと同じくオーストリア帝国のマイノリティに関係している。マゾッホは、ポーランドとハンガリーにおけるユダヤ人の状況に強く惹かれている。女中と娼婦は、これらのマイノリティ、これらの階級闘争にかかわり、必要に応じて家族や夫婦関係の内部にもかかわるのである。マゾッホもまたマイナー文学を創造するが、それは彼の人生そのものであり、マイノリティの政治的文学なのだ。マゾヒストは必ずしもハプスブルク帝国の、その大規模な解体の産物ではないという声もあろう。もちろんだが、マゾヒストはいつも自分自身の言語においてマイナー文学を生み出すという状況にあり、そのことによってなおさら政治的なのだ。言葉の古めかしい、象徴主義的な、紋切型の使用法において、あるいは反対に言語から純粋な呻き声や挑発をもぎとる簡潔性において、彼は自分の才能にふさわしい表現手段を見出すのである。確かにマゾヒズムだけが唯一のやり方というわけではない。むしろそれは弱弱しいやり方とさえいえる。マゾヒストとカフカ主義者を比較することは、彼らの違いを考慮し、それぞれの名称の異なる使用法を考慮し、さらにまた彼らのそれぞれのもくろみの邂逅を考慮するなら、なおさら興味深いのである。」

あのスキゾ－近親相姦という組み合わせの定式は何を意味しているのだろうか。それは多くの点で、神経症的なオイディプス的近親相姦に対立する。後者は母とのあいだに起きること、起きると想像されること、起きると解釈されることであり、領土性であり、再領土化である。スキゾ－近親相姦は姉妹とのあいだに起きることであり、母の代理物ではなく階級闘争の別の側面、女中と娼婦の側面において起きること、脱領土化的近親相姦である。オイディプス的近親相姦は、それを禁止する超越的なパラノイア的法に応答し、それ自身この法を侵犯するのだが、好みによっては直接侵犯することもあろうし、仕方なく象徴的に侵犯することもあろう（クロノスは最も善良な父である、とカフカは言っていた）[*6]。子供にかまいすぎの母親、神経症の息子はやがてパラノイアになる。そしてすべてが家族－夫婦の循環のなかで反復される。なぜなら侵犯とは実は何でもなく、単に再生産の手段にすぎないからだ。スキゾ－近親相姦は反対に内在的な法－スキゾに応答し、周期的な再生産のかわりに逃走線をもたらし、侵犯のかわりに前進をもたらすのだ(姉妹との問題は、母との関係より少しましなものだ、ということを分裂症者は知っている)。オイディプス的近親相姦は写真に、肖像に、幼児期の記憶に、実在したことのない偽の幼少期に結合され、欲望を表象の罠のなかに捕獲し、あらゆる連結を断ち、母のほうに逆戻りさせ、信念をもって欲望をはるかに子供じみた痴呆的なものにし、欲望になおさら強固な他の禁止の重圧をかけ、欲望が社会的政治的領野において自己を認識することを妨げるのである。スキゾ - 近親相姦は反対に音に結合され、音は逃走するようになり、記憶なき幼少期のブロックは、生きたまま現在に忍び込み、現在を活性化し、加速し、もろもろの連結を増殖していく。スキゾ - 近親相姦は最大の連結、多義的拡張とともにあり、女中や娼婦に媒介され、彼女たちが社会的系列において占める場所とともにあって、神経症的近親相姦に対立するのだ。後者は連結の抑止、その唯一のシニフィアン、家族への逆戻り、あらゆる社会的政治的領野の無化などによって定義される。「変身」においてこの対立は全面的に表現される。オイディプス的近親相姦の対象として写真の上に現れる首を覆った婦人、そしてスキゾ - 近親相姦の対象として、首を剝き出しにしてヴァイオリンを弾く妹(写真にしがみつくか、妹の体をよじのぼるか?)。

これらの女性たちの連結器の役割は、『審判』の最初からはっきり見えていた。「盥のなかで子供の肌着を洗っている最中の黒い瞳の若い女」[*7]が「石鹼にまみれた手で、隣りの部屋の開いたドア」

を指さす（『城』の第一章にも同じタイプの連鎖が見られる）。その役割は多様である。というのも、この女性たちは自分の所属する系列の開始、または切片の開放を知らせ、またKが女性たちを諦め、あるいは女性たちがKを見棄てるときにはその終わりも知らせるからである。Kは自分でも気づかぬうちに、他に移動してしまっているからである。女性たちはそれゆえ信号として機能し、そこに人は近づき、またそこから遠ざかる。しかしとりわけそれぞれの女性が自分の系列を、城や審判の切片を、エロス化することによって加速化したのである。そして次の切片も、別の若い女性の働きかけによってのみ始まり、終わり、加速されるのである。脱領土化の勢力として彼女たちもやはりひとつの領土をもっていて、その外にまでは、あなたを追いかけてこない。だから女性たちをめぐる二つの誤った解釈には用心しなければならない。ひとつはマックス・ブロートのやり方で、それによれば女性たちのエロティックな特性は、単に信仰の逆説をめぐる外観上の記号であるというものである。「アブラハムのおこなう犠牲」というような類のものだ。もうひとつはヴァーゲンバッハが踏襲したもので、現実にエロティックな特性を認めるのだが、それはKを遅らせ、あるいは自分の課題から迂回させる要素であるとみなすのである。(5) アブラハムの態度に似たものが何かあると

（5） Cf. Max Brod, *Postface au Château*〔マックス・ブロート「『城』のあとがき」、『城』、三九六頁（「初版あとがき」）〕、Wagenbach, *Kafka par lui-même*, pp. 102-103〔ヴァーゲンバッハ『フランツ・カフカ』、一〇一—一〇二頁〕。

すれば、厳密には、Kを突然犠牲にするアメリカの叔父の態度がそれにあたるだろう。そしておそらくこの態度は『城』においてフリーダがKの「不実」を難詰し、同じような犠牲を直接におこなうときにはいっそう明らかになる。しかしこの不実は、Kがすでに別の切片に、オルガによって開始された切片に移ってしまったことを示すのであり、フリーダはその出現を促し、同時に自分の系列の終わりを促している。だからエロティックな女性たちは、審判においても城においても、迂回や遅延をもたらす役割などまったくもたない。彼女らはKの脱領土化を加速し、それぞれの女性が独自のやり方で区分する領土を迅速に継起させるのだ（レーニの「胡椒の匂い」、オルガの家の匂い、動物になることの残滓）。

しかしスキゾ‐近親相姦はさらにもうひとつの要素なしには、一種の同性愛的発露なしには、理解不可能である。そしてここでもやはりオイディプス的同性愛とは反対に、分身たちの、兄弟の、あるいは官僚たちの同性愛がある。この同性愛の指標は、カフカに頻出するあの名高い、体に密着する衣装である。アルトゥールとイェレミーという『城』の分身同士は、Kとフリーダの愛を見守りながら、「ぴったり張りつく服」を着て急いでしゃしゃり出る。下僕たちは、お仕着せではなく、「農民や労働者が決して着ることのないいつもぴったりつく服」を着ている。バルナバスの欲望はいつもぴったりつく半ズボンへの強い欲望とともにあり、姉のオルガがそれを仕立ててやるのだ。『審判』の冒頭の二人の警官はビュルストナー嬢の写真を取り囲むのだが、「体にぴったりで、ベルト、あらゆる種類の襞、ポケット、留め金、ボタンがついた黒い服を着ていて、この服は特別に便利なものに見えるが、こうしたものがみんな何の役に立つのか、わからないのだった」[*8]。そして後でこの二人の警官は処刑人に鞭うたれるが、処刑人は「大きく胸のあいた暗い色の皮のつなぎのような服を身に着けていて、両腕もぜんぶ剝き出しにしている」[*9]。今日ではアメリカのサドマゾの、襞や、留め金、管をつけた皮やゴムの服装がこれにあたる。しかし官僚的または兄弟的分身そのものが、もっぱら同性愛的指標として機能しているように思われる。同性愛的発露は、これらの指標によってだけ準備された別の究極目的をもっている。「カルダ鉄道の思い出」において、語り手は監督官とのあいだに明らかな同性愛的関係をもっている（「私たちは簡易ベッドのうえにいっしょに倒れ込んで、それから十時間ずっと抱き合っていた」[*10]）。しかしこの関係は、芸術家が監督官にとってかわるときにはじめて終わるのである。『審判』のティトレリに関するくだりをカフカは抹消することになるが、それがあまりにあからさまであったからである。「Kは彼の前に跪き（…）、彼の頰を撫でた」、そしてティトレリはKを、「波に揺れる小舟のように」軽やかに跳躍しながら、法廷の秘密のなかに導いていく。光は方向を変え、正面から「目のくらむ滝」のように照ってくる。(6)

(6) 芸術家またはティトレリのモデルのひとりは、若きカフカの一番謎めいた友人のひとりオスカー・ポラックにちがいない。カフカは確かに彼に強い愛情を抱いていた。しかしポラックは早々とカフカを遠ざけ、一九一五年に早逝してしまう。彼は画家ではなかったが、イタリア・バロックの研究者であった。建築、都市の地図作製法、古い時代の行政や商業に関同じく「夢」において、芸術家は二人の葬儀担当職員の分身から自由になり、茂みから出てきて、「宙にさまざまな形を描きながら」、Kと暗黙のうちに愛情を吐露しあうのだ。

したがって芸術家もまた注目すべき項として機能しているにちがいない。芸術家との同性愛的関係は、若い女性あるいは妹たちとの近親相姦的関係に結合される（たとえばティトレリの住まいで何もかも観察し聞き届けようとする倒錯的な覗き屋の少女たちは、Kが上着を脱ぐと叫び出す「もう上着を脱いじゃった！」）。しかしここにある関係は同じものではない。三つの能動的要素を区別することさえ必要だろう。（1）通常の諸系列、その各系列は機械の規定された切片に対応しており、そのもろもろの項は、同性愛的指標をともなって増殖する官僚的分身によって構成される（たとえば門番の系列、使用人の系列、役人の系列。『城』におけるクラムの分身たちの増殖）。（2）若い女性たちの目覚ましい系列、そのそれぞれが通常の系列におけるそれ自体目覚ましいポイントに対応し、それは切片の開始や終止、内部の亀裂などにあたり、いつも誘発性と結合の増大や、別の切片への加速される移行をともなう（それはエロス化あるいはスキゾ‐近親相姦の機能である）。（3）明らかな同性愛をともなう芸術家の特異な系列、そしてあらゆる切片を逸脱し、あらゆる連結をまき込む連続性の権能。つまり若い女性たちは、切片から切片へとKを逃走させながら、Kの脱領土化を確実にし、あるいは「助け」、局所的な光はいつも背後から、蠟燭や燭台から射していたのだが、芸術家は飛躍的連続的逃走を可能にし、そのとき光は正面から滝のようにあふれてくるのだ。若い女性たちは、機械の部品の基本的連結点に位置していたが、芸術家はこれらのポイントをすべて結集し、彼の特別な機械のなかにそれを配置し、この機械は内在的領野を蔽い、さらにはそれに先行するのである。

もろもろの系列または切片のあいだの連結点は目覚ましいポイントであり、特異点であり、ある意味では美学的印象に似ているようだ。それはしばしば感覚的質であり、匂い、光、音、接触あるいは想像力の奔放な形象、夢や悪夢の要素などである。これらは〈偶然〉に結合される。たとえば「副検事」という断片には三つの連結点が介入する。王の肖像、無政府主義者が言ったかもしれない片言（「おい、そっちの上のほうの悪党め！」）、歌謡曲（「小さな明かりが灯るかぎり…」）、それらはこんなふうに介入するのだ。というのもそれらは分岐点を規定し、系列を増殖させるからである。また副検事は、それらが多少とも近い、多少とも遠い切片同士を構成して、数えきれない多義的な組み合わせに入りうることに気づくからである。[7] しかしながら、連結点をそれらにおいて保た

する書物など、様々な領域において彼は目覚ましい能力を発揮し、カフカはこれに影響されたに違いない。Cf. Max Brod, *Franz Kafka*, pp. 94-103〔マックス・ブロート『フランツ・カフカ』、六二―六九頁〕。

（7）「副検事」：「非難の声と歌声とがいかに結びついているか、この点についてはほとんどすべての証人が異なる見解をもっていた。告発者は、被告ではなく、別の誰かが歌ったとさえ主張した」（« Carnets », *Œuvres complètes*, Cercle du livre précieux, t. VII, pp. 330 sq.）。〔飛鷹節訳、「断片――ノートおよびルース・リーフから」、〔『副検事』の草稿断片〕、『決定版カフカ全集3』、二七四頁〕

れる美学的印象に還元するのは大間違いである。カフカの全努力は、むしろまったく逆方向をめざすもので、むしろそれは彼の反叙情主義、反美学主義の表現なのだ。つまり世界から印象を引き出す代わりに、世界を掌握すること、印象のなかではなく、対象、人物、出来事において、現実にじかに触れて作業すること。メタファーを殺すこと。美学的印象、感覚あるいは想像力は、カフカの初期の試作においてはまだそれ自体として存在し、そこにはプラハ派のある種の影響が働いている。しかしカフカのあらゆる進化はそれを斥け、もはやそういったものとは無関係の簡潔性、ハイパーリアリズム、機械主義を優先する。だからこそ主観的印象は一貫して連結点に置き換えられ、連結点は切片化における数々の信号として、系列の構成における数々の注目すべき、または特異的なポイントとして客体的に機能する。ここで幻想の投影について語ったりしたら、二重に過ちになるだろう。これらの点は女性の人物あるいは芸術家的人物と一致するが、こういった人物たちは、ひとつの司法機械の客体的に規定された部品あるいは歯車として存在するだけだ。副検事にはよくわかっている。三つの要素が互いの関係を見出し、関係の曖昧さを実現し、関係の多様な価値を実現するのは、ただ訴訟においてであり、その倒錯的な指令を彼自身は追いかけているにすぎない。ほんとうの芸術家はまさにそれ、訴訟なのである。あるいはクライストが言ったように、ある人生の計画、規律、手続きであって、決して幻想ではない。ティトレリ自身が、彼の立場の特異性において、やはり司法の領野に属している。(8) 芸術家は審美家と無関係で、芸術機械、表現機械は、美学的印象と何の関係もない。それに、そのような印象が女性や芸術家の連結において存続するかぎり、芸術家自身が……ひとつの夢にすぎない。芸術機械あるいは表現機械の定式は、したがってまったく別の仕方で、あらゆる美学的意図とは独立に、のみならず系列中や、その限界に客体的に介入する女性の人物や芸術家的人物の彼方で定義されなければならない。

実際、これらの連結器的人物たちは、彼らの欲望、近親相姦、同性愛の含意とともにあって、表現機械から客観的地位を受けとるのであり、その逆ではない。カフカより以上に美学的なものを一切参照することなく、芸術あるいは表現を定義しえた人はいない。カフカによるこの芸術機械の特性を要約してみるなら、こう言わなくてはならない。それはひとつの独身機械である、まさに多数多様な連結をもつ社会野につながっていることによって、ただひとつの独身機械なのだ[9]。これは機械にかかわる定義であって、美学的なものではない。独身的なものとは、近親相姦的欲望や同性愛的欲望よりもずっと広大でより強度な欲望の状態である。おそらくそれには強度の低さという難点

（8）ティトレリは「気をもませるという点では、弁護士に十分匹敵する」。

（9）ミシェル・カルージュは、〈独身機械〉という言葉を、文学において描写される幻想機械のいくつかを示すために用いている。そのなかには「流刑地」の機械も含まれている。しかし私たちは、彼のカフカ的機械の解釈には賛成できない（とりわけ「法」に関しては）。——続く引用〔本訳書、一四四頁―一四五頁〕は「独身者」のテーマに関するカフカの短編の計画から引用したものである。*Journal*, pp. 8-14〔『日記』、一九一〇年七月一九日、日曜日、一五―二〇頁〕参照。

や弱点もある。役人的な凡庸さ、空転する作法、隠者の生活から出ることの恐怖とオイディプス的誘惑（「彼には隠者か寄生者になるしか生きる道がない」）、誘惑－フェリーチェ）、そしてもっと悪いのは廃絶という自殺的欲望である（「彼の本性は自殺的であり、彼の歯は自分自身の肉を噛むため、肉は彼の歯のためにしかない」）。しかしこのような転落をくぐりぬけても、やはり彼は強度の生産なのだ（「独身者には瞬間しかない」）。彼は〈脱領土化されたもの〉、「中心」をもたず、「所有の法外なコンプレックス」をもたない。「彼が持つ土地は、二本の足に必要なものにすぎず、支点は二つの手で覆える範囲にすぎず、だからまだ下に網が貼ってあるミュージック・ホールのブランコ乗りにも及ばない」。彼の旅は大型客船に乗るブルジョアの旅、「豪華づくめの」クルーザーの周遊ではなく、スキゾの旅、「いくつかの木の切れ端にのっかって、それらも互いにぶつかり合っていっしょに沈んでしまうような」旅である。その旅は逃走線であり、「山のなかの風見鶏」のようなものだ。そしておそらくこの旅は、動かない旅、純粋な強度における旅である（「彼は冬にあちこちで雪のなかに寝転んで凍え死んでしまう子供のように横になった」）。しかしたとえ動かなくても、逃走とは、世界から逃げることではなく、塔のなかに、幻想や印象のなかに避難することではない。逃走すること「それだけが爪先立ちになった彼を支え、爪先立ちになった足だけが彼を世界においてい保つ（ことができる）」。凡庸そのものの独身者ほど美学に欠ける連中はいない、しかし彼ほど芸術的なものもいない。彼は世界から逃走するのではなく、世界を掌握し、芸術家的な連続的線のうえを逃走させるのである。「私はただ自分の散歩をするだけだ。それで充分に決まっている。逆を言えば、世界に私が散歩できない場所など存在しない。」家族も夫婦関係もなく、独身者はよけいに社会的であり、社会的危険人物、社会的裏切り者、たった一人で集団的である。(「私たちは法の外部に存在する、誰もそのことを知らないが、結果としてそれぞれが私たちを法にのっとってあしらうのだ」)。つまりここにこそ独身者の秘密がある。彼は強度的量を生み出し、「ちっぽけな汚らしい手紙」という最低の強度量から、「無制限の作品」としての最高の強度量まで、彼はこの強度量の生産を、直接に社会体において、社会野そのものにおいて実現する。それはただひとつの同じプロセスである。最高の欲望は、同時に孤独を欲し、あらゆる欲望機械に連結されることを欲する。ひとつの機械は、孤独であるがゆえになおさら社会的集団的であり、逃走線を描きながら、ただそれ自体として必然的にひとつの共同体にふさわしいものであるが、その条件はまだ現勢的なものとして示されてはいない。要するにこれが表現機械の客体的定義であり、私たちが見てきたように、それはマイナー文学の現実的状態にかかわり、そこには「個人的事情」などもはや存在しないのだ。社会体における強度量の生産、諸系列の増殖と加速、独身者の動因によって誘導される多価的集団的連結、これ以外の定義はない。

第8章　ブロック、系列、強度

私たちがカフカにおける隣接的なものと連続的なものについて語ってきたことはすべて、不連続的なブロックの役割と重要性の観点とは相いれない。少なくともその主張力が弱まるようである。カフカにおいてブロックの主題は恒常的なもので、乗り越えがたい不連続性に浸食されているようだ。カフカの断片化されたエクリチュールについて、断片による表現様式については、多くのことがいわれてきた。「万里の長城」は、まさにこの表現に対応する内容形式なのである。ひとつのブロックを作り終えると労働者たちははるか遠くに派遣されて別のブロックにとりかかるが、いたるところに間隙が残っていて、たぶんそれは永遠に塞がらないのだ。この不連続性は、短編小説の特性だということができるだろうか。いやもっと深い理由があるのだ。カフカには、ある超越的、抽象的そして物象化された機械の表象があるので、なおさら不連続がきわだつことになる。まさにこの意味で、無限のもの、制限されたもの、不連続性は同じ側にある。権力が超越的権威、専制君主のパラノイア的法として出現するたびに、それはもろもろの期間の不連続的配分を強制し、二つの期間のあいだの中断や、ブロックの不連続な分割を、また二つの期間のあいだの空白をともなうのである。実際に超越的な法は、距離をおいてその法のまわりをまわり、たがいのあいだにも距離をおくもろもろの断片を支配することができるだけである。それは天文学的構築なのである。それは『審判』の見せかけの放免の定式にあたる。そして「万里の長城」はまさに明確にそのことを説明している。長城の断片的様式は、首長たちの〈委員会〉によって要求されたものである。またもろもろの断片は、隠された統一性の帝国的な超越性に帰するものであるから、ある種の人々は不連続な長城の唯一の究極目的は、ひとつの塔のなかにあると考える（「まず長城、そして塔」）。

カフカは、知られざる超越的法をめぐる不連続なブロックあるいは離れた断片の原理を放棄することがない。どうして放棄することができようか。それはたとえ見せかけでも世界の一状態であり（それに天文学とはいったい何だろうか）、またこの状態はまさに彼の作品のなかで機能するからである。しかし私たちは、別の性格をもち、長編小説の発見に対応する構築を、これに付け加えなければならない。こうしてKはますます帝国の超越的法が実は内在的な法廷に、法廷の内在的アレンジメントに帰することに気づくのである。パラノイア的法は、スキゾ－法に場所を譲る。見せかけの無罪放免は、無期限の延期に場所を譲る。社会野における義務の超越性は、社会野全体を横断する遊牧的欲望の内在性に場所を譲るのだ。このことは「古文書の一葉」[*1]において、あまり展開されていないがはっきり言われている。別の法、別のアレンジメントを証明する遊牧民たちが存在して、辺境から首都にいたるまで、彼らが移動したあとはすべてが一掃され、皇帝と衛兵たちは窓や柵の内側に閉じこもっている。このときカフカはもはや無限－制限－不連続によってではなく、有限－隣接－連続－無制限によって前進するのだ。（彼にとって連続性はいつも書くことの条件であると感じられるだろう、長編小説を書くことだけでなく、短編小説であろうとも。たとえば「判決」がそうである。未完であることはもはや断片的ではなく、無制限を意味する）[(1)]。

連続的なものの観点からは何が起きるのだろうか。カフカはブロックを放棄することがない。しかしまずこのブロックは、ひとつの円周上に配分されて、その不連続ないくつかの弧だけが描かれるというふうにではなく、むしろ廊下や回廊の上に配列されるといえよう。つまりそれぞれのブロックはこの無制限の直線の上に、多少とも離れた切片を形成する。しかしこれでは十分な変化が生まれないのだ。もろもろのブロック自体が、存続する以上は、少なくともひとつの観点から別の観点に移りながら形を変えなければならない。そして実際に、おのおののブロック－切片が廊下の線の上に開放部や扉をもち、一般にそれらが次のブロックの扉や開放部から遠く離れているとすれば、それでもあらゆるブロックには裏口があって、裏口同士は隣接している。それはカフカにおいて最も衝撃的な地勢図であって、単に「心的」なものではない。二つの点は正反対の位置にありながら、奇妙なことに接触してもいることが明らかになる。この状況は『審判』においては常に見つかるもので、Kが銀行の自分のオフィスのすぐ近くの物置部屋の戸を開けると、そこは法廷の場所で、二人の監視人が処罰されている。ティトレリに会いに「法廷の一八〇度反対方向にある場末」に行きながら、画家の部屋にある奥の扉は、まさに同じ法廷の建物に通じていることにKは気づくのだ。『アメリカ』でも『城』でも同じことがおきる。際限のない連続線上の二つのブロックには、たがいに遠く離れた扉があるのにもかかわらず、隣接した裏口があり、ブロック自体を隣接させている。これでもまだ私たちは単純化して言っているのだ。廊下は折れ曲がり、小さな扉は廊下の線にそって折り曲げてあるかもしれず、事態はもっと驚異的なものになる。そして廊下の線、際限のない直線は別の驚異を準備しているのだ。それはある程度まで、不連続な円と塔の原則と結合しうるからである（『アメリカ』の別荘、あるいは塔があり、たがいに隣接しあう小さな家の集落がある『城』のように）。

（1）モーリス・ブランショは、断片的エクリチュールを実に正当に分析したが、だからこそカフカにおける連続的なものの力を指摘することができた（たとえ否定的なやり方で、「欠如」の主題においてそれを解釈しているとしても）: cf. *L'Amitié*〔『友愛』〕, Gallimard, pp. 316-319.

状態 1

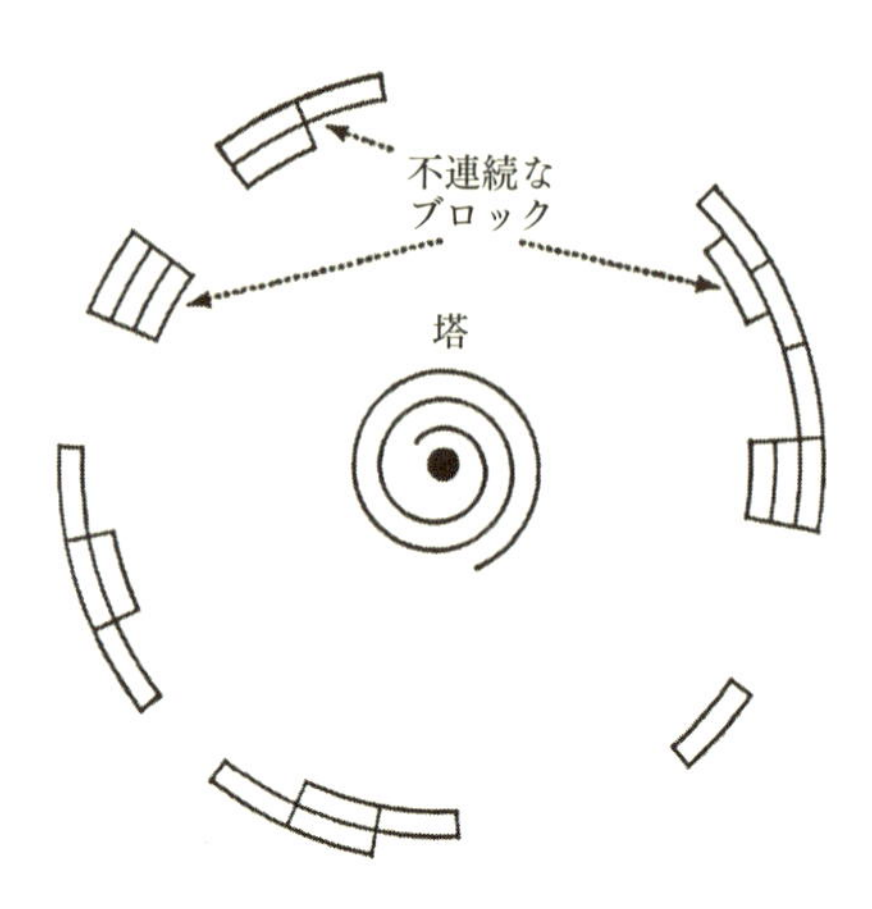
不連続な
ブロック
塔

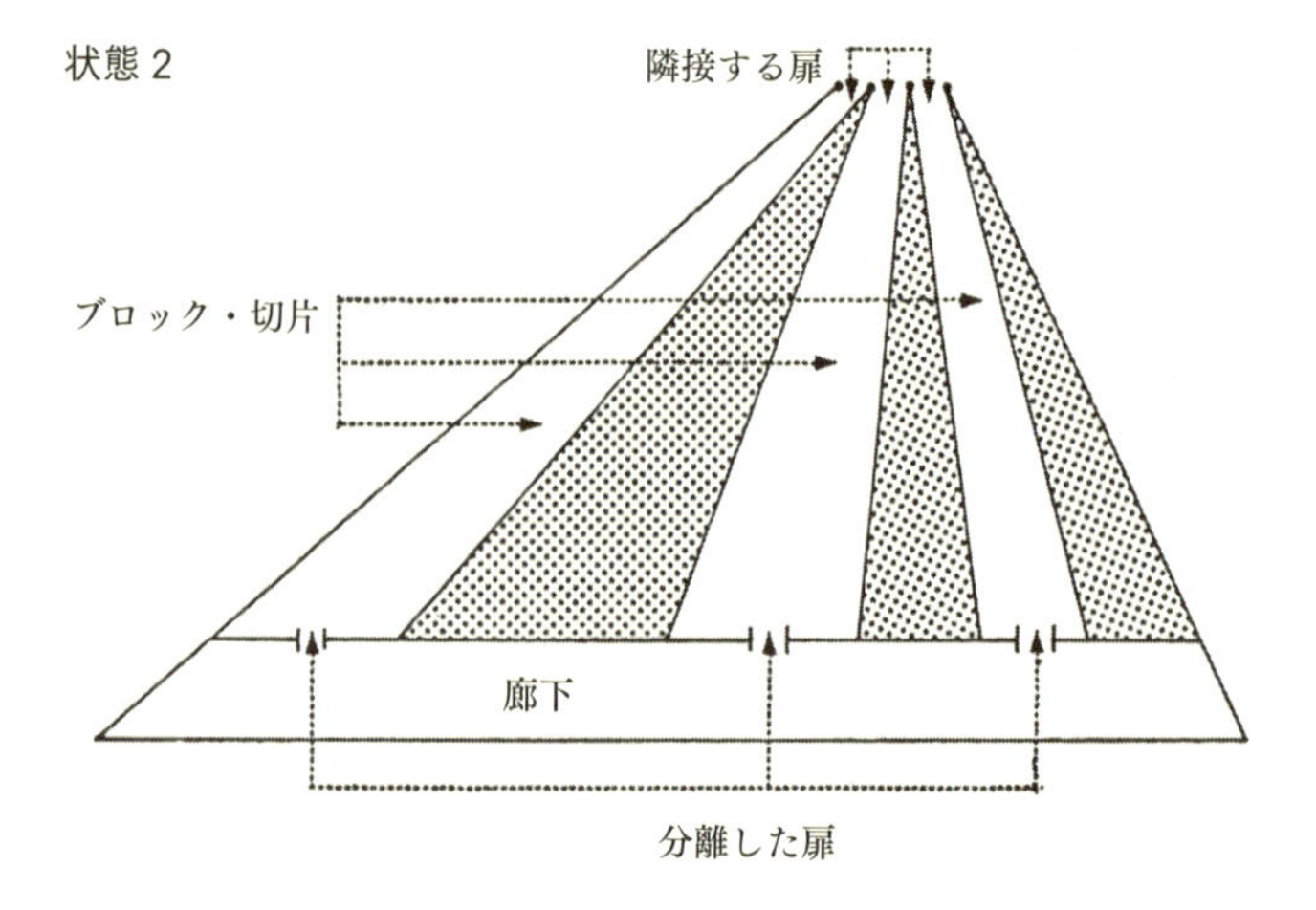
状態 2
隣接する扉
ブロック・切片
廊下
分離した扉

状態1	状態2
高所あるいは低所からの眺め	正面、回廊からの眺め
階段	低い天井
見下ろし、見上げる眺め	広角そしてディープフォーカス
ブロック－弧の不連続性	内在的廊下の無制限性
天文学的モデル	地上的あるいは地下的モデル
遠近	隔離と隣接

この二つの建築的状態を、あらまし思い浮かべてみよう。

注釈I

私たちは二つの建築的状態の現実的区別とそれらの可能な相互的浸透を強調しなければならない。それらが区別されるのは、古く新しい二つの異なる官僚制に対応し、つまり一方は専制的帝政的中国的な古代の官僚制に、他方は資本主義的または社会主義的な新しい官僚制に対応するからである。それら二つが浸透しあうのは、新しい官僚制は容易にその形態を明らかにするものではなく、多くの人々が古い官僚制を「信用して」いるのみならず（カフカにおける信用の概念）、古い官僚制は新しい官僚制の仮面ではないからである。現代の官僚制は当然ながら古代的形態のなかに生まれ、それを再活性化し、それにまったく現勢的な役割を与えることによってそれを変化させるのだ。だからこそ二つの建築的状態は本質的に共存し、カフカは彼の大半の文章の中でそれを描写している。現代世界において、二つの状態は、たがいのなかで機能している。天上的な階層秩序の段階そしてほとんど地下的なオフィスの隣接。カフカ自身は二つの官僚制の蝶番のようなところに位置する。カフカが勤めた保険会社、そして〈社会保険〉は、先進的な資本主義の事業にかかわっているが、それ自体は古い資本主義と古代的な官僚制のすでに時代遅れの古めかしい構造を保っている。もっと一般的に言えば、一九一七年のロシア革命に強い関心をもっていたカフカが、彼の人生の終わり頃にロシアの前衛や構成主義者の計画について聞いていなかったと考えることは難しい。第三インターナショナルのためのタトリンの計画は一九二〇年である。天文学的モデルにしたがって、様々なリズムで回転する四つの部屋とともに螺旋状の塔が作られることになっていた（立法府、行政府、等々）。ハンガリーのモホリ＝ナジの計画は一九二二年で、人々は「塔の機能の一部」となり、これには手すりのついた外側の道、「運動選手の道」と呼ばれる防護のない内部の螺旋、エレベーターと巨大なワイパーが含まれている。パラノイア的前衛。最も現代的な機能主義が多少とも意志的に、もっとも古代的あるいは伝説的な形式を復活させていたように思われる。ここでも二つの官僚制、過去と未来の官僚制が相互に浸透しあっている（今日でもこういう事態は続いている）。この混淆を考慮にいれるなら、私たちはただ二極として、現代的機能をそなえた古代主義と、新時代の形成を区別することができるだけだ。カフカは、構成主義者や未来主義者のようにもっと「社会参加した」同時代人たちの何人かと、少なくとも同じくらいこの歴史的問題を意識した先駆者のひとりであると思える。たとえばフレブニコフは二つの言語を発明するが、この二つがどのように合流し、どこまで区別されるものであるか人々は問うたのである。純粋な論理と高度な形式主義(フォルマリスム)からなる天文学的、演算手法的な「星の言語」、そして純粋な非有意的素材、強度、音声、隣接性によって作動する地下の「ザウーム」である。ここには官僚制の驚くべき二つのスタイルのようなものがあって、それぞれが極限まで推進され、つまり逃走線にしたがう。まったく別の手段によるものではあれ、カフカの問題は同じで、彼にとってもそれはやはり言語、建築、官僚制、逃走線に関係するのである。

注釈II

どれほどまでに二つの状態が混合しあっているか、それを説明するには『城』の詳細な例をあげなければならないだろう。なぜなら城それ自体が、最初の状態（高い所、塔、階層秩序）に対応する多くの構造を保存しているからである。しかしその構造はたえず修正され、あるいは第二の状態を優先してあいまいになる（移動する境界線上にあるオフィスの連鎖と隣接）。そしてとりわけ〈紳士館〉は、長い廊下、役人たちがベッドで仕事をしている隣接する不潔な部屋とともに、第二の状態を優先させている。

注釈III

以上のことはすべてオーソン・ウェルズとカフカの出会いの理由になっているといえよう。映画は、演劇に対する以上に建築に対して深い関係をもっている（建築家フリッツ・ラング）。ところでウェルズはいつも二つの建築的モデルを共存させ、それを意識的に用いた。第一のモデルは、古代趣味とともにある栄華と退廃であるが、それはまったく現在的機能を持ち、無限の階段、俯瞰撮影と仰角撮影にしたがう上昇や下降である。第二のモデルは広角撮影やディープフォーカス、無制限の廊下、隣接する横断線である。『市民ケーン』や『偉大なるアンバーソン家の人々』は第一のモデル、『上海から来た女』は第二のモデルを重視している。ウェルズの監督作品ではないが『第三の男』は、いま触れたような驚くべき混合において二つのモデルを統一している。古代的な階段、空にそびえたつ巨大な観覧車。地上すれすれの下水路‐リゾーム、また地下壕の隣接。果てしないパラノイア的螺旋と、無制限の分裂的線。映画化された『審判』は、もっと巧みに二つの運動を組み合わせている。そしてティトレリ、少女たちの場面では、長い木の廊下、はるか遠くと唐突な隣接性、逃走線が、ウェルズの天才とカフカの類似性を示している。

注釈Ⅳ

なぜ私たちは、離れているものと隣接しているもの（状態2）を同じ側に位置づけ、もう一つの側に遠いものと近いもの（状態1）を位置づけるのか。これは用語の問題ではなく、別の用語を使ってもいいわけで、あくまで体験と発想の問題なのだ。長城と塔という建築的形態においては、確かに円弧をなすブロックは互に近くにあり、それらは対をなしている。対のあいだには決して埋められない間隙が残っているので、それらが離れており、離れたままであることも真実である。さらには超越的法、無限の塔は、それらのブロックから無限に離れている。そして同時に法あるいは塔はいつも近くにあって、たえずそれぞれのブロックに使者を送り、あるブロックから離れるときは別のブロックに接近し、逆に接近しては離れるのである。無限に離れている法は、位格（ペルソナ）を遣わし、たえず接近する流出をもたらす。あるときは遠く、あるときは近く、ということは、見せかけの無罪放免のいろいろな時期や継起する各段階を使い分ける定式である。同時に遠く近いということは、法の定式であり、これらの時期や段階を決定するのである。（大いなるパラノイア症者はいつも私たちの背後にいながら、無限の遠くに引きこもっているのではないか？）「万里の長城」の文章、「皇帝の綸旨」は、この状況をよく要約している。皇帝はわれわれ各人のすぐ近くにいて、その流出を送り届けるが、それでも〈はるかなる存在〉である。なぜなら使者は決して到達せず、あまりに多くの中間を通過しなければならず、あまりに多くのものが障害となり、それらの間にさえも距離があるからだ。しかしながら、一方には離れているものと隣接しているものがある。離れているものは近くと対立し、隣接しているものは遠いものと対立する。しかしまた体験や発想の分類によっては、離れたものと遠いものは対立し、隣接しているものは近いものと対立する。実際にオフィス同士は、互いを分離する廊下の長さによって遠く離れている（それらは近くない）が、それらを結びつける裏口によって、やはり同一線上で隣接している（それらは遠くない）。この点で本質的な文章は短いアフォリズムであって、カフカがそのなかで言うのは、隣接する村[*2]は同時に実に遠くて、一生かけてもたどりつけないということである。カフカの問題とは、この文章は果たして「皇帝の綸旨」のそれと同じことを言っていると「信じる」べきかどうかである。むしろ彼は正反対のことを言っていると信じるべきではないのか。なぜなら近いことと離れていることは同じ次元に、つまり高さに属し、この次元は、ひとつの円の形態を描くある運動の軸に貫かれているからだ。この円のなかで一点は遠のいては近づくのである。しかし隣接するものと離れたものは、ある別の次元に、つまり長さに、まっすぐな直線に属し、運動の軌跡に交差し、はるか遠くの切片を隣接させる。もっと具体的に言えば、例えば「変身」のなかの父母は、近くて離れている。それは法からの流出である。しかし妹は近くなく、隣接している。隣接しながら離れている。あるいは官僚は、「別の」官僚は、いつも隣接し、隣接しながらも離れているのだ。

したがって二つの建築的まとまりは次のように分割される。一方は、無限であり－制限され－不連続で－近い－遠い。もう一方は無制限であり－連続的－有限－離れている－そして隣接的である。ところがカフカはどちら側でもブロックによって作動するのである。「ブロック」というモノと言葉は、『日記』のなかに恒常的に現れ、ときには表現の諸単位を、ときには内容の諸単位を指示し、ときには欠陥を、ときには長点を強調する。長点とは、「あらゆる（彼の）力をブロックにすること」[2]である。しかし欠陥とは、作為的または紋切型のブロックもあるということなのだ。カフカはディケンズの創作手法をそういう観点から評価し、大いに称賛して『アメリカ』のモデルとみなしている。「性格の大まかな描写、それぞれの登場人物のために人工的に設けられた正真正銘のブロック、こういうブロックなしにはディケンズは、一度たりとも彼の物語の高みにまで素早くよじ登ることはできなかったにちがいない[3]」。そしてカフカの作品そのものを通じて、ブロックは性格と機能を変更しながら、ますます簡潔で洗練された使用法にむかうと私たちは考える。第一の意味において「万里の長城」の断片的建設に対応するブロックが存在する。それは分離されたブロックで、不連続な円弧の形に配置されるものである（ブロック－弧）。第二の意味において、ブロックはしっかり規定された切片であり、すでに無制限の直線上に整列しているが、異なる間隙をともなっている。『アメリカ』の構成は表現から見ても、別荘、ホテル、劇場（ブロック－切片）といったもろもろの内容から見てもこのようなものである。しかし『審判』の方法は、新たな完成度に達している。すなわちそれはオフィスの隣接性なのだ。無制限の直線の上の切片は、たがいに

（2）Cf. Max Brod, *Franz Kafka*, p. 238〔マックス・ブロート『フランツ・カフカ』、一七一頁〕（ブロートはカフカの「人生のプログラム」を再現している）。
（3）*Journal*, p. 503.〔『日記』、一九一七年一〇月八日、三八三頁〕

隔てられていても隣接するようになる。それゆえもろもろの切片は確かな限界を失い、移動する障壁を優先させ、障壁は切片とともに連続的切片化を通じて移動し加速する(ブロック‐系列)。そしておそらくこの地形測量における完成度は、『城』よりもさらに『審判』において頂点に達するのだ。しかし反対に、もし『城』のほうが別の進歩を遂げているとすれば、それは『審判』においてはあまりに空間的であったものと訣別し、すでにそこにあったのに、まだ空間的形態に覆われていたものを明るみに出しているからである。つまり系列は強度的なものになり、旅は強度において発見され、地図は強度の地図となり、移動する障壁が、それ自体「閾」(ブロック‐強度)になったからである。こうして『城』の第一章のすべては、すでにこの様式で、閾から閾に、低い強度から高い強度へ、またその逆に、ある地図作製法において機能している。これは確かに内面的でも主体的でもなく、何よりもまず空間的であることをやめた地図作製法なのだ。うなだれた頭の低い強度、もたげた頭、逃走する音の高い強度、場面から場面へ閾を超える移動。つまり強度的になった言語が、この新しい地図にしたがってもろもろの内容を逃走させるのである。

こうしたことは、同時に表現の手続きとして、また内容の手法として、ある種の手段をともなう。この手段はすでに『アメリカ』と『審判』に現れていた。しかしそれがいまは特別な力を獲得して顕著なものになり、もろもろのブロックに、第五の最終的意味を、子供のブ、ロ、ッ、ク、という意味をもたらしている。カフカは決して優れた記憶力の持ち主ではなかった。そのほうがよかったのだ。幼児期の記憶は救いがたいほどにオイディプス的であり、欲望を写真の上で阻害し、封鎖し、欲望の頭を押さえつけ、そのあらゆる連結を切断してしまう。（私は彼に言った「思い出しているんですね？　思い出とは悲しいものだし、その対象も悲しいものです！」）[4]。記憶は幼児期の再領土化を実現する。しかし幼児期のブロックはまったく別の仕方で機能するのだ。これこそが子供の唯一のほんとうの生である。それは脱領土化を行い、時間のなかを、時間とともに移動し、欲望を再活性化し、その連結を増殖させるのである。それは強度的で、最低の強度においてさえ、ある高い強度を再始動させる。姉妹との近親相姦、芸術家との同性愛はこのような幼児期のブロックである（ティトレリの家の少女たちのブロックがすでにその証拠である）。『城』の第一章は、Kが強度の低い瞬間（『城』を前にした失望）において、城の塔に自分の故郷の村の脱領土化された鐘楼を重ねあわせながら、全体を再び始動させ活性化するとき、典型的な仕方で、幼児期のブロックを機能させている。確かに子供たちの生き方は、私たち大人の記憶が信じさせるようなものではないし、大人が現在していることのほとんど同時的な記憶にしたがって信じているようなものでもない。記憶は言う「お父さん！　お母さん！」。しかし幼児期のブロックはほかのところに、最も高い強度においてあり、子供は姉妹と、仲間と、作業や遊戯と、家族には属さないあらゆる人物とともにそういう

（4）「ある戦いの記録」。〔『決定版カフカ全集2』、一三―一四頁〕

強度を形成している。そういう人物において、子供は自分の両親を、それが可能になるたびに脱領土化するのだ。ああ幼児の性愛というものについて、適切な考えを提案したのは、決してフロイトではない。確かに子供はたえまなく両親（写真）の上に再領土化する。つまり彼は低い強度を必要とするのだ。しかし自分の活動においても情念においても、彼は同時に最も脱領土化され、かつ最も脱領土化する存在、つまり孤児なのである。[5] こうして子供は脱領土化のブロックを形成し、それは時間とともに、時間の直線上を移動し、マリオネットに息を吹き込むように大人を再生させ、生き生きした連結を彼に再注入するのである。

幼児期のブロックは単に現実としてではなく、方法と規律として時間のなかを移動し続け、子供を大人に注入し、あるいは仮想された大人を、ほんとうの子供に注入する。ところがこのような交通はカフカのなかに、彼の作品の中に、実に興味深いマニエリズムを生み出すのである。それは決してプラハ派の象徴や寓意によるマニエリズムではない。それはまた子供の「ふりをする」ものたち、つまり子供を模倣し表象するものたちのマニエリズムでもない。それは記憶をともなわない簡潔性のマニエリズムであり、それによって大人は、大人であることをやめることなく幼児期のブロックにとらえられ、同じく子供は、子供であることをやめることなく大人のブロックに捉えられることがありうる。それは「役割」の作為的な交換ではなく、そこにもまた二つの離れた切片の厳密な隣接性があって、それは〈動物になること〉について私たちが見てきたとおりである。つまり大人において捉えられた大人の〈子供になること〉、そして子供において捉えられた子供の〈大人になること〉、この二つの隣接である。『城』はこれらのマニエリズム的強度の場面を顕著に示している。つまり第一章では、盥の湯につかり、振り向く男たちで、その間子供たちは観察し、はねてくる湯を浴びている。そして逆に後になって黒衣の夫人の息子の幼いハンスは、「そもそも彼のすることなすことに刻印された重々しさが子供じみているのと同じく、まったく子供じみた観念の束に導かれて」[*3]、子供が大人みたいに見える程度に大人っぽいのだ（このときも盥の場面が想起されている）。しかし『審判』においては、すでに大いなるマニエリズム的場面がある。監視人たちが

（5）カフカは妹のエリに手紙を書いているが、それは「父への手紙」への反論のようなものだ（cf. Brod, pp. 341-350〔『手紙』（一九二一年、秋）、三七六―三八一頁〕）。スウィフトを引き合いに出して、カフカは家族的動物と人間的動物を対立させている。家族的動物としての子供は権力システムに捕獲され、そこで両親は「家族を代表する排他的権利をわがものにしている」。この家族のシステム全体は、共存する二つの極からなる。つまり頭を下げること、下げさせること（「奴隷制と圧制」）。人間的動物としての子供の自発的生活は、まったく別のところに、ある種の脱領土化の最中にある。したがって子供はすみやかに家族環境を離れなければならない。カフカはまさに彼の甥フェリックスにそうすることをすすめる。これは子供が貧しい家族に属している場合はすすめられないことだ。その場合は「生活と仕事が、どうしてもあばら屋のなかに侵入してくる」からだ（個人的事情への折り畳みはもはや起こらない。子供はじかに両親外の社会野に接続される）。しかし貧しい子供でないなら、理想は子供が家族を離れることである。たとえ「母親以外の誰にも忘れられ、異邦人となって、故郷の村にもどることになっても。母親だけが最後には彼を思い出し、母性愛の真の奇蹟が現れる」。つまり幼児のブロックは母において機能したわけだ。

処罰されるとき、そのくだりはすべて幼児期のブロックとして処理され、それぞれの文が示しているのは、また鞭うたれて叫んでいるのは、子供たちであり、単なる悪ふざけだということである。カフカによれば、この点で子供たちは女性たちよりもずっと遠くに進むようなのだ。彼らは女性の系列よりも強度な交通と脱領土化のブロックを形成し、もっと強力なマニエリズムに、あるいはもっと機械状のアレンジメントに捉えられる（たとえばティトレリの家の少女たち。そして「村の誘惑」において、婦人との関係や子供たちとの関係は、それぞれに複雑な位置にある）。さらにカフカにおける別のマニエリズムについて、ある種の社交的マニエリズムについて語らなければならないだろう。『審判』でKを処刑しにやってくる二人の紳士の「恐るべき礼儀正しさ」、それに対してKは新しい手袋をはめながら答えるのだ。ついで彼らがKの体のうえで肉包丁を研ぐ仕草。二つのマニエリズムは、正反対の補完的機能をもっているようだ。礼儀正しさのマニエリズムは、隣接するものを遠ざけようとする（距離を保て！ お辞儀や、やりすぎの挨拶、大げさな服従、ほんとうは「畜生！」といわんばかりだ）。幼児期のマニエリズムはむしろ反対の操作をおこなう。しかし二つあいまって、二つの作法、そしてマニエリズムの二つの極は、カフカの分裂的道化芝居を構成している。分裂症者は二つともよくわかっていて、それは社会的座標を脱領土化する彼らなりの方法なのだ。おそらくカフカは、人生においても創作においても、それをみごとに使いこなしたのだ。まさにマリオネットの機械状芸術である（カフカはしばしば彼の個人的マニエリズムについて語っている。あごをきしませる音と筋肉の拘縮、それはほとんど緊張症に近いものである)[6]。

(6) さらにもう一度プルーストと比較する必要があるだろう。プルーストもまたマニエリスムの二極をみごとに使いこなしている。つまり距離の手法、障害－幽霊の拡張としての社交的マニエリスム、そして隣接的なものの手法としての幼児的マニエリスムである(名高い無意志的記憶は、真の幼児期のブロックであるだけではなく、一定の時期の語り手の年齢不詳にもかかわる)。別の集合をみてみると、二つの作法はヘルダーリンあるいはクライストにおいても等しくみごとに機能している。

第9章　アレンジメントとは何か

アレンジメントは、小説にとって特権的対象であるが、二つの面をもっている。それは言表行為の集団的アレンジメントであり、欲望の機械状アレンジメントなのである。カフカは最初にこの二つの側面を分解したばかりではなく、彼が二つを結合した結果はひとつの署名のようなものであって、それを通じて読者は彼を必然的に認知するようになるのだ。『アメリカ』の第一章を見てみよう。これは「火夫」という題で別に発表されたものだ。問題となるのは、まさに機械としてのボイラー室である。つまりK〔カール・ロスマン〕は、技術者になりたい、または少なくとも機械工になりたいという意図を、つねにあからさまにするのだ。しかしボイラー室そのものが描写されないとすれば（それに船は停泊中である）、機械それ自体が決して単に技術的なものではないからだ。反対にそれが技術的であるのは、もっぱら社会的機械としてであって、これが歯車のなかに男女をとりこみ、あるいはむしろその歯車のあいだに、男女のみならずモノ、構造、金属、物質を配置するのである。そのうえカフカは、疎外され機械化されるなどした労働条件だけを考えているのではない。彼はそれらを間近にみて知っていたが、彼の天才は、男女が労働においてのみならず、それ以上に近接するもろもろの活動において、休息において、性愛において、抵抗において、怒り等々においても、機械の一部となっていることを考えるところにある。機械工は機械の一部である。単に機械工としてではなく、作業を中断するときにも機械の一部なのだ。火夫は「機械室」の一部であり、彼が調理場からやってきたリーネを追いかけるときには、なおさら、とりわけその一部なのだ。機械はあらゆる連結要素に分解されなければ社会的たりえない。そのような連結要素がそれ自体で機械を構成するのである。法廷機械は隠喩的に機械と呼ばれるわけではない。それ自体が、その部品、オフィス、書物、象徴、地勢図とともにだけではなく、その構成員（判事、弁護士、執行官）、法のポルノ的書物に付着する女たち、不可解な材料を提供する被告たちとともに第一の意味を決定している。エクリチュール機械はオフィスのなかにしか存在せず、オフィスはその秘書たち、副長たち、ボスたち、また行政的、政治的、社会的、さらには性愛的配置とともにしか存在しないのであって、そういう配置がなければ「技術的なもの」さえも存在しないだろうし、決して存在しなかったのだ。つまり機械とは欲望であるが、それは欲望が機械の欲望であるからではなく、欲望がたえず機械のなかに機械を生み出すからであり、先行する歯車のわきに、不確定な仕方でたえず新しい歯車を形成するからである。たとえこの歯車が抵抗し、不協和な仕方で機能するようにみえることがあっても、このことに変わりはないのだ。厳密に言えば、機械を構成するのは連結であり、分解を条件づけるあらゆる連結なのである。

技術的機械はそれ自体、その前提となる社会的アレンジメントにおける一部品でしかなく、社会的アレンジメントこそが「機械状」と呼ばれるに値するということ、このことは別の側面に私たちの注意をうながす。要するに、欲望の機械状アレンジメントは、言表行為の集団的アレンジメントでもあるということに。だからこそ『アメリカ』の第一章は、ドイツの火夫の抗議にあてられ、火夫は彼のすぐ上のルーマニア人の上司に不平を言い、ドイツ人が船上で被っている抑圧に抗議するのだ。言表は、服従、抗議、抵抗等々に関するものであり、全面的に機械の一部である。言表はいつも法的であり、つまり規則にしたがって作られる。まさにそれは機械の使用法を構成するからである。それは言表の差異が些細なことだという意味ではない。逆に、それが反抗なのか、嘆願なのか知ることはとても重要なのだ（カフカ自身が、事故の犠牲になった労働者たちの従順なことは驚きだと言うだろう。「会社におしかけて、みんな略奪してしまうかわりに、彼らは懇願しにやってくる」[1]）。しかし嘆願にせよ、反乱にせよ、服従にせよ、言表はいつも機械がその一部をなしているアレンジメントを分解するのである。言表それ自体が機械の一部であり、こんどはみずから機械を構成し、全体の作動を可能にし、あるいはそれを変更し、あるいは爆発させてしまう。『審判』で、ある女がKに尋ねる。あなたは改革がしたいの?[*1]『城』においてKはたちまち、城との「戦闘」態勢に入る(そしてあるヴァージョンでは戦闘の意図がもっとあからさまに現れている[*2])。しかしいずれにしても分解の規則にほかならない規則があって、それをみると服従が大々的な反乱を隠していないかどうか、戦闘はむしろ最悪の同意をもたらさないかどうか、もはやよくわからないのだ。三つの長編小説において、Kは自分が驚くべき混沌のなかにいるのに気づくのである。彼は機械の歯車にしたがう技術者あるいは機械工であり、アレンジメントの言表にしたがう法律家そして訴訟好きな人物である(Kを見たことのない叔父がKに気づくには、Kが話し始めるだけでいい。「おまえが私の可愛い甥なんだね、そうじゃないかと思っていたんだ[*3]」)。欲望の社会的アレンジメントではない機械状のアレンジメントはないし、言表行為の集団的アレンジメントではない欲望の社会的アレンジメントはないのだ。

カフカ個人は境界線上にいる。彼は単に古く新しい二つの官僚制のあいだの蝶番のところにいるだけではない。彼は技術的機械と法的言表の蝶番の位置にもいる。彼は同じアレンジメントにおい

(1) Cf. Brod, p. 133.〔ブロート『フランツ・カフカ』、九二頁〕

て二つが結合していることも体験するのだ。〈社会保険〉において、彼は労働災害、機械のタイプによって異なる安全の係数、労使の紛争、それらに対応する陳述などを担当している。[2] そして確かにカフカの作品において問題になるのは技術的機械それ自体ではなく、法的言表それ自体でもない。そうではなく技術的機械は、社会野全体にあてはまる内容形式のモデルを提供し、法的言表は、あらゆる言表にあてはまる表現形式のモデルを提供するのだ。カフカにおいて本質的なことは、機械、言表、欲望が唯一の同じアレンジメントの部分をなし、長編小説に無制限の動力と対象を与えているという点だ。カフカが、ある種の批評家たちによって過去の文学に属するものとされるのを見るのはつらいことだ。たとえそれに関して一種の〈全書〉とか、〈普遍的図書館〉といった観念や、断片ゆえの全体的〈作品〉というような観念を考え付いたところで。これはあまりにフランス的な見方なのだ。ドン・キホーテと同じことで、カフカのこだわりは決して書物のなかにあるのではない。彼の理想の図書館には、技術者や機械技師の本、そして陳述をおこなう法律家の本しかない（さらに彼の愛読する何人かの作家たちがいるが、それは彼らの天才のため、しかも秘密の理由のためなのだ）。彼の文学は過去を横断する旅ではなく、私たちの未来の文学である。二つの問題にカフカは熱中する。最悪にせよ最良にせよ、どういう瞬間にひとつの言表は新しいと言われるのか。悪魔的であろうと、無垢であろうと、あるいはどちらでもあろうと、どんなときに新しいアレンジメントが姿をあらわしていると言えるのか。最初の問題の例。「万里の長城」の乞食が、隣りの地方の革命家たちが書いた宣言をもってくるとき、そこに使われている記号は「私たちにとって古代的な特性をもち」、私たちは「もうすっかり昔から知られていて、すっかり昔に忘れられている古めかしい話」[*4]を口にするのである。第二の例。すでに扉をたたいている未来の悪魔的勢力[*5]、つまり資本主義、スターリン主義、ファシズムである。カフカはこういったものすべてに耳を傾けるのだが、それは本のなかのざわめきではなく、隣接する未来の音であり、欲望、機械、言表である新しいアレンジメントのどよめきであり、それらは古いアレンジメントに導入され、あるいはそれらと絶縁するのだ。

そしてまず、どのような意味において言表はいつも集団的であり、芸術家の場合のように孤独な特異性によって放たれるように見えるときでさえも集団的なのか。つまり言表は決してひとつの主体に帰するものではない。ましてそれはある分身に、つまりひとつの主体が言表行為の原因あるいは主体であり、もう一つが言表の機能あるいは主体であるような二つの主体に帰するものでもない。言表を発射する主体はなく、主体についての言表が発射されることもないのだ。確かにこのような補完性を利用する言語学者たちは、これをもっと複雑な仕方で定義し、「言表における言表行為の

（2）Wagenbach, *Kafka par lui-même*, pp. 82-85（ヴァーゲンバッハは、削り器のなかの円筒形木材の効用についてカフカが作成した詳しい報告書を引用している）。〔ヴァーゲンバッハ『フランツ・カフカ』、七九―八三頁〕

プロセスの刻印」を考察している（参照：私、おまえ、ここ、いまといった単語[*6]）。しかしこの関係がどのように考察されようと、言表が主体に帰することはありえないと私たちは考える。主体が二重化されようとされまいと、分割されようとされまいと、反映されようとされまいと、そのことに変わりはないのだ。新しい言表の産出という問題に、マイナーと言われる文学の問題にもどろう。というのもマイナー文学は、すでに見てきたように、新しい言表を生み出すことにおいて典型的な状況にあるからだ。ところがひとつの言表が〈独身者〉によって、あるいは芸術的な特異性によって産出されるときは、それはいつも国民的、政治的、社会的共同体とのかかわりでしか産出されない。たとえこの共同体の客観的条件が、さしあたって文学的言表行為の外部では与えられていないとしてもやはりそうなのだ。ここからカフカの二つの原則的主張がやってくる。要するに進んだ時計としての文学、民衆の事業としての文学ということである。最も個人的な文学的言表行為も、集団的言表行為の特別なケースにすぎない。これはまさに定義でもあるのだ。つまりひとつの言表は、言表行為の集団的状況を先取りするひとりの〈独身者〉によって「引き受けられる」ときに文学的なものになるのである。だからといって、このまだ与えられていない集団は（最良のものも最悪のものも）、このほうが言表行為の真の主体であるとか、言表において語られる主体であるとかいうことを意味するわけではない。どちらのケースにおいても、人はサイエンス・フィクションにはまってしまうだけだ。〈独身者〉が主体ではないように、集団は、言表行為の主体でも、言表の主体でもない。むしろ現勢的独身者と潜在的共同体は、両方とも現実的で、集団的アレンジメントの部品なのである。しかも主体が言表を生み出すように、アレンジメントが言表を生み出すと言うだけでは不十分である。アレンジメントはそれ自体において、あるプロセスにおいて言表行為のアレンジメントであり、このプロセスは何らかの指定可能な主体に場所を与えるのではなく、むしろ諸言表の性格と機能を強調することをなおさら可能にするのである。なぜなら諸言表は、なんらかのアレンジメントの歯車としてしか存在しないからである（効果としても産物としても存在しない）。

だからこそ、Kとは誰か、と問うのは無駄なのである。三つの長編小説でそれは同一人物なのか。小説ごとに、自分自身と異なる人物なのか。せいぜい言うことができるのは、書簡においてカフカは完璧に〈分身〉を利用し、あるいは言表行為と言表の二つの主体の外観を利用するということだ。しかしそれを利用するのは、ある戯れと奇妙な企みのためであり、二つの主体の区別に最大のあいまいさを注入し、足跡をぼかし、それぞれの役割を交換させることだけに集中している。短編においては、すでにあらゆる主体の地位をアレンジメントが占めている。しかしある超越的な物象化された機械が、超越的主体の形式を保っているか、あるいは〈動物になること〉がすでに主体の問題を消去し、むしろ単にアレンジメントの指標の役割を演じている。あるいは動物はまさに〈集団的、分子的になること〉を示していたが、それはまだ集団的主体として機能しているように見える（鼠の民衆、犬の民衆）。カフカは彼の書くことへの情熱において明らかに、短編を手紙の見返りとして、手紙と主体性の執拗な罠を祓いのける手段として、着想している。しかし短編はこの点においては不完全なままで、単なる横ばい状態、夜の休息なのだ。まさに長編小説の計画においてカフカは最終的解決にいたるが、ほんとうにそれは無制限のものとなる。Kは主体ではなく、それ自体において増殖する一般的機能となり、たえずみずからを切片化し、あらゆる切片にそって逃走する機能となるだろう。さらにこれらの概念のそれぞれを詳しく特定しなければならない。まず「一般的」は個人的と対立しないのである。「一般的」はひとつの機能を指示し、最も孤独な個人も、彼が通過する系列のあらゆる項に連結されるのだから、なおさら一般的な機能をもつのである。『審判』においてKは銀行家であり、この切片において、役人や、顧客の全系列と、また彼の恋人エルザと連結している。しかしまた彼は、監視人、証人、そしてビュルストナー嬢と連結することによって逮捕される。また執行官、判事、そして洗濯女と連結することによって告訴される。さらには弁護士やレーニとの連結においてKは、訴訟好きの男である。ティトレリと少女たちとの連結においては芸術家である……。一般的機能が、分離しがたい形で社会的かつ性愛的であることを、これ以上よく言い表すことはできない。機能的なものは、同時に役人であり欲望なのだ。また他方ではまさに分身たちは一般的機能のあの諸系列のそれぞれにおいて重大な役割を演じているが、それは出発点として、あるいは二つの主体の問題に対する最後の賛辞としてなのである。これもやはり乗り越えられるのだ。そしてKは自身において増殖するのであって、自分を分化することも、分身を通過することも必要としない。結局一個人によって引き受けられた一般的機能としてのKよりも重要なのは、孤独な個人が一部分をなす多義的なアレンジメントの働きとしてのKなのである。この個人は別の部分に、別の歯車に接近する集団でもあるのだ。このアレンジメントが何であるのか、ファシストか、革命的か、社会主義者か、資本主義者なのか、それとも最も嫌悪すべき、あるいは悪魔的な仕方で結びついた二つの混合なのか、まだわからないままに。しかし私たちは必然的に、これらすべての要素について観念をもつわけだし、カフカはそういう観念をもつことを私たちに教えたのである。

それならなぜ、欲望のアレンジメントにおいて言表行為の「法的」側面は、言表の「機械状の」または物それ自体の側面にまさるのであろうか。あるいはまさらないとしても、なぜそれらを先取りするのだろうか。カフカにおける形式の重視、『アメリカ』における団地、すでにスターリン的な司法の装置、『城』のすでにファシズム的な機械に対する三人のKの深い関心は、決して服従という側面を表しているのではなく、規則にかなった言表行為の要求と必要性を表している。まさにこの点において法はカフカに役立つのである。言表行為は言表に先行するのであって、それは言表を生み出す主体との関連においてではなく、言表行為を第一の歯車にするひとつのアレンジメントとの関連において先行するのである。他の歯車は、それにしたがいつつ、しだいに位置を定めるにすぎない。『城』や『審判』のそれぞれの系列においてひとつの言表行為が見つかり、それは迅速であり、あるいは暗示的でさえあるが、とりわけ重要なのは非有意的でありながら、系列全体に対して内在的であるということである。『城』の第一章において、ある農民、教師などのなんらかの言葉や身振りは言表ではなく、言表行為を形成し、これが連結器の役割を演じているのだ。この言表行為の優位は、マイナー文学の条件そのものに私たちを引き戻す。つまり先取りし先行するのは表現であり、それは内容に先立ち、内容がやがて忍び込むことになる頑丈な形式をあらかじめ描き、あるいは内容が逃走や変形の線上を移動するようにするのである。しかしこの優位は、少しも「理念性」をともなうものではない。なぜなら表現あるいは言表行為も、やはり内容自体に劣らず、アレンジメントによって厳密に規定されるからである。そして唯一の同じ欲望が、唯一の同じアレンジメントが、内容の機械状アレンジメントとして、また言表行為の集団的アレンジメントとして現れるのだ。

アレンジメントは単に二つの側面をもつばかりではない。一方でそれは切片的で、それ自体が、隣接するいくつかの切片の上に広がり、あるいはもろもろの切片に分割されるが、その切片もやはりアレンジメントである。この切片性は多少とも硬質であり、または柔軟でありうるが、この柔軟性も硬質性と同じ程度に強制的であり、そしてより以上に息苦しいものだ。それは『城』のなかのようなもので、そこでは隣接したオフィスが可動的な障壁しかもたないように見え、そのせいでバルナバスの野望はますますありえないものになる。つまりひとつのオフィスに入ったかと思うと、そのあとにいつも別のオフィスがあり、クラムに会ったかと思うと、その背後に別のクラムがいる。切片は同時に権力であり、かつ領土である。だからもろもろの切片は欲望を捕獲し、それを領土化し、固定し、写真と化し、写真や、体にぴったりの服に欲望を張り付け、欲望に使命を与え、それから超越性のイメージをとりだし、このイメージに欲望はとらえられ、ついには欲望がこのイメージと対立するようになるのだ。この意味で、私たちはいかにそれぞれのブロック－切片が、権力、欲望、領土性あるいは再領土化の凝固したものであり、超越的法の抽象によってとりしきられているかを見てきたのである。しかし他方ではまた次のようにも言わなくてはならない。ひとつのアレンジメントは、脱領土化の複数の尖端をそなえており、同じことだが、それにはいつも逃走線があって、それによってアレンジメント自身が逃走し、自身を分解する言表行為や表現を逃走させる。同時にその内容のほうも劣らず変形され変身し、逃走させられるのである。あるいはやはり同じことになるが、アレンジメントは無制限の内在的領野に広がり、そこに浸透し、この領野は切片を溶解させ、欲望をそのあらゆる凝固と抽象から解き放ち、あるいは少なくとも積極的に凝固や抽象と戦い、それを解消しようとするのだ。次の三つは同じ事柄なのだ。超越的法に抗する司法の領野／ブロックの切片性に抗する連続的逃走線／脱領土化の二つの重要な尖端、ひとつはまず表現を、逃走する音声や強度の言葉のなかに巻き込んでいく（写真に抗して）、もうひとつは内容をまき込み、「真っ逆さまに転げ落ちる」（欲望のうなだれた頭に抗して）。内在的司法、連続線、尖端あるいは特異性が、まさに行動的で創造的であることは、それらがアレンジされ、それ自体が機械となる仕方によってよく理解される。たとえ私たち各人が、自分のなかに親密なマイノリティを、親密な荒地を発見しなければならなかったとしても、それらはいつも集団的ではあるがマイノリティの状況のなかに、「マイナーな」文学と政治の状況のなかにある（マイノリティの闘争の危険を考慮すること、つまり再領土化すること、写真を作り直してしまうこと、権力と法を作り直し、「大文学」さえも作り直してしまうこと）。

これまで私たちは、抽象機械を具体的な機械状アレンジメントに対立させてきた。つまり抽象機械は「流刑地」のそれであり、オドラデクであり、ブルームフェルトのピンポン玉であった。超越的で物象化され、象徴的あるいは寓意的注解に委ねられ、抽象機械は現実的アレンジメントに対立していたが、このアレンジメントはただそれ自体で有効であり、無制限の内在野において成立するものであった——法の構成に対する司法の領野。しかし別の観点からは、この関係を逆転させなければならないだろう。まったく異なる「抽象的」という意味において（非具象的、非有意的、非切片的）、それは無制限の内在野のほうに移動する抽象機械なのであって、いまや欲望の過程と運動において、内在野と一致するのである。そうなると具体的アレンジメントは、もはや抽象機械の偽りの超越性をはぎとって、それに現実的存在を与えるようなものではない。むしろ反対に抽象機械のほうこそ、アレンジメントの存在と現実の様式的成分を測定するのであって、それはアレンジメントの示す、それ自身の切片を分解し、脱領土化の尖端を推進し、逃走線の上をすべり、内在野をみたす能力によって測定されるのだ。抽象機械とは、無制限の社会野であり、また欲望の身体であり、それはまたカフカの持続的著作であり、それらにおいてもろもろの強度はうみだされ、そこにあらゆる連結と多義性が登録される。カフカのアレンジメントのいくつかを無秩序に引用してみよう（その網羅的リストを作ろうとは思わない。というのも、あるものはすでに別のいくつかを集積しているし、あるいはそれ自体別のアレンジメントの部分なのだから）。すなわち手紙のアレンジメント、手紙作成機械。動物になることのアレンジメント、動物的機械。女性になることあるいは子供のようになることのアレンジメント、女性あるいは子供のブロックの「マニエリズム」。商業機械、ホテル、銀行、司法、官僚制、役人といったタイプの大規模な機械。独身者機械あるいはマイノリティの芸術機械、等々。たとえ小さな細部についてであっても、その成分や様態を判断するためのいくつかの指標を私たちが手にしていることは明らかである。

（1）なんらかのアレンジメントは、どの程度まで、「超越的法」というメカニズムなしにやっていけるのか。それなしにやっていけないなら現実的アレンジメントとはいえず、むしろ語の第一の意味における抽象機械であり、むしろ専制的である。たとえば家族的アレンジメントは三角化なしに成り立つのか、夫婦的アレンジメントは分身を形成することなしに成り立つのか。こうしたアレンジメントは三角化や分身形成から、機能的アレンジメントよりもむしろ法的実体を作り出すのだ。

(2)それぞれのアレンジメントに固有の切片性の本性はどんなものか。切片を制限するという点で、それは多少とも硬質なのか、または柔軟なのか、切片の増殖においては急速なのか、緩慢なのか。切片が硬質または緩慢であれば、それだけアレンジメントはみずからの連続線や脱領土化の尖端にしたがって実効的に逃走することが難しくなるのだろうか。たとえこの線が強力で、これらの尖端が強度であったとしても。このときアレンジメントは現実的具体的アレンジメントとしてよりも、むしろ単に指標として機能するのだ。つまり自分自身を実現するところまで至らず、要するに内在野に到達しえない。そしてそれが示唆していた出口が何であるにせよ、アレンジメントは挫折する定めで、先行するメカニズムに捕獲されてしまう。例えばとりわけ「変身」における〈動物になること〉の失敗(家族的ブロックの復活)。〈女性になること〉のほうが、すでに柔軟さと増殖においてずっと豊かに感じられる。しかし〈子供になること〉は、もっとそういうものだ。ティトレリの少女たち。カフカにおける幼児期のブロックあるいは子供じみたマニエリズムは、女性の系列よりも、ずっと強度な逃走と脱領土化の機能をもっているように思える。(3)アレンジメントの切片性の性格と、切片化の速度を考慮するならば、それに固有の切片を逸脱するアレンジメントの能力はどんなものか。つまりそれは逃走線になだれ込み、内在野においてみずからを拡張する能力でもある。あるアレンジメントは柔軟な増殖的切片性をもつこともあるが、にもかかわらず、もはや専制的でさえなく、現実に機械状であるからこそ、なおさら抑圧的でありえ、なおさら大きい権力を行使しうるのである。内在野に行き着くかわりに、アレンジメントがこんどは権力を切片化することになる。『審判』の偽の結末は典型的な再三角化さえ実現している。しかしこの結末とは無関係に、『審判』というアレンジメント、『城』というアレンジメントの、無制限の内在野にみずからを開放する能力とは何なのか。この内在野はあらゆる切片的オフィスを混乱させ、結末としてではなく、すでにそれぞれの限界やそれぞれの瞬間にそこに存在しているのだ。もっぱらこのような条件においてアレンジメントがめざすのは、もはやアレンジメントにおいてだけ実現される（第一の超越的意味における）抽象機械ではなく、（第二の内在的意味における）抽象機械なのだ。（4）それ自身欲望の領野としてこの抽象機械を形成する文学機械の能力、言表行為あるいは表現のアレンジメントの能力とは何か。マイナー文学のもろもろの条件とは？　カフカの作品を数量化すること、それは強度量のこの四つの指標を作用させること、それに対応するあらゆる強度を、最低から最高まで産出することである。つまり機能K。しかしこれこそまさに彼が実践したことであり、まさに彼が持続した作品なのである。

訳注

第1章

＊1 植物学上の「根茎」を意味する。地中を水平方向に伸びる地下茎の一種で、ハス、タケ、フキなどがそれにあたる。ドゥルーズ＝ガタリは、『千のプラトー』序において、これを「樹木」に対立させ、幹（中心）から枝へと階層的、対称的に展開する構造ではないネットワーク状の組織として定義した。非中心性、非階層性、縦横無尽の連結、増殖などが、その特性といえる。

＊2 Der Bau（独）、Terrier（仏）は、『決定版カフカ全集2』（新潮社、一九八一年）の前田敬作訳のように、病巣であることを踏まえて「穴巣」と訳されることもあるが、本訳書では多くの訳書にしたがって「巣穴」としている。ドイツ語の Bau には建築、建設の意味もあり、フランス語では隠棲の家の意味もある。板倉鞆音は旧版の『カフカ全集3』（新潮社、一九五三年）でこの作品を「家」としている。

＊3 Der Process（独）、Le procès（仏）は、『訴訟』と訳されることもあるが、本訳書では、多くの訳書にしたがって『審判』としている。フランス語においても、procès は、訴訟を意味し、ときに過程（プロセス）を意味する。

＊4「内容」（contenu）と「表現」（expression）はイェルムスレウ（一八九九―一九六五）の言語理論にとって基本概念であり、ソシュール言語学のシニフィエ－シニフィアンにとってかわるものとして提唱された。内容と表現には、それぞれに形式（forme）と実質（substance）があり、それぞれの形式・実質の変化を考察しなければならない。『千のプラトー』3「BC一〇〇〇〇年 道徳の地質学」には、これに関する原理的な考察がくりひろげられている。

＊5『城』（前田敬作訳、『決定版カフカ全集6』、新潮社、一九八一年）、一四頁。

＊6「ブロック」(bloc) については『千のプラトー』10「強度になること、動物になること、知覚しえぬものになること……」に、その定義と展開が見られる。「点状システム」に対する「線状システム」であり、「分子レベル」に直結する「局限不可能な関係」や、「脱領土化のベクトル」の集合とみなされる。(当然ながら『審判』の登場人物の固有名ブロックとは区別される)。

＊7『城』、二二頁。

＊8「ある犬の研究」(前田敬作訳、『決定版カフカ全集2』)、一九四頁以降。

＊9「ある戦いの記録」(前田敬作訳、『決定版カフカ全集2』)、四一頁。

＊10『アメリカ』(千野栄一訳、『決定版カフカ全集4』、新潮社、一九八一年)、六九頁。著者たちの引用である « un autre chant » に従い「別の歌」としたが、本書の独訳版 (*Kafka. Für eine kleine Literatur*, aus dem Französischen übersetzt von Burkhart Kroeber, Suhrkamp Verlag, 1976) ならびに、宇波彰／岩田行一による本書の旧訳書 (法政大学出版局、一九七八年) の訳注でも指摘されていたように、著者たちが用いたと思われるフランス語訳版『アメリカ』(*L'amérique*, traduit de l'allemand par Alexandre Vialatte, Gallimard, 1946, p.107) では、〈悲しみ〉(Leid) が、〈歌〉(Lied) と取り違えられており、著者たちはそれを引用していると思われる。ちなみに、本書にとって、カフカの作品における音、歌、音楽のモチーフはきわめて重要である。本訳書では、できるかぎり原著者の意図に忠実であろうとして、引用も原著者によるものに合わせて訳し、カフカの原文との異同など、特記すべきものは訳注に記す。

＊11『アメリカ』の主人公は、カール・ロスマンであるが、本書では、『審判』、『城』と同じくKとしている。

＊12『城』、一四―一五頁。

＊13 同前、一六頁。

第2章

＊1「父への手紙」(飛鷹節訳、『決定版カフカ全集3』、新潮社、一九八一年)、一六八―一六九頁。

＊2 同前、一六五頁。

＊3 同前、一五二頁。

＊4 一九二二年一月二四日の日記より。『日記』(谷口茂訳、『決定版カフカ全集7』、新潮社、一九八一年)、四〇三頁。

＊5　同頁。
＊6　「学会への報告」（川村二郎訳、『決定版カフカ全集1』、新潮社、一九八一年）、一三〇頁。
＊7　「変身」（川村二郎訳、『決定版カフカ全集1』）、三六頁。
＊8　「学会への報告」、一三一頁。
＊9　同前、一三〇頁。
＊10　「変身」、七九頁。
＊11　同前、八三頁。
＊12　一九一四年六月一一日の日記に記されている短編。『日記』、二八〇―二八八頁。

第3章

＊1　一九一一年一二月二五日の日記より。『日記』、一五〇頁。
＊2　一九二一年六月の手紙より。『手紙　一九〇二―一九二四』（吉田仙太郎訳、『決定版カフカ全集9』、新潮社、一九八一年）、三七〇―三七一頁。
＊3　一九一一年一二月二五日の日記より。『日記』、一五〇頁。
＊4　同頁。
＊5　「プリマ・ドンナ・ヨゼフィーネ、あるいは二十日鼠族」（円子修平訳、『決定版カフカ全集1』）、一九二頁。
＊6　原語 agencement の訳語は、宇波彰／岩田行一訳では「鎖列」となっており、「組みこみ」（豊崎光一）、「作動配列」（江川隆男、増田靖彦）、「配備」・「動的編成」（杉村昌昭）なども用いられてきたが、『千のプラトー』では、一部の英訳も参照し「アレンジメント」としたので、これを踏襲した。ちなみに仏仏辞書にも、端的に「アレンジの仕方」（manière d'arranger）という定義が見える。
＊7　「ある犬の研究」、二〇二頁。
＊8　同前、二〇一頁。
＊9　K・ヴァーゲンバッハ『若き日のカフカ』中野孝次／高辻知義訳、竹内書店、一九六九年、八九頁。
＊10　一九二一年一二月六日の日記より。『日記』、三九四頁。

*11 Servan-Schreiber Jean-Jacques (1924-) フランスのジャーナリスト、政治家。週刊誌「レクスプレス」の編集長、急進社会党の書記長を経て、一九七一年に同党委員長になった。著書に『アメリカの挑戦』(*Le défi américain*, 1967) などがある。以上、旧訳書の訳注より引用。

第4章

*1 一九一三年一月一四日から一五日夜のフェリーチェ宛の手紙より。『フェリーチェへの手紙(I)』(城山良彦訳、『決定版カフカ全集10』、新潮社、一九八一年)、二二五頁。

*2 『審判』(中野孝次訳、『決定版カフカ全集5』、新潮社、一九八一年)、三一頁。

*3 一九一二年一一月一日のフェリーチェ宛の手紙より。『フェリーチェへの手紙(I)』、五五頁。

*4 一九一一年一一月二二日の日記より。『日記』、一二五頁。

*5 一九二二年七月五日のブロート宛の手紙より。『手紙』、四二二頁。

*6 旧訳書ならびに独訳版でも指摘されているように、カネッティ『もう一つの審判——カフカのフェリーチェへの手紙』(小松太郎/竹内豊治訳、法政大学出版局、一九七一年、四四頁) からの引用である。ただし、カネッティのドイツ語原文は » unter separater Bewachung steht « で、その邦訳も「別々に監視されている」となっているが、ここで著者たちは仏訳版から « placé sous une observation spécial » (*L'Autre procès, lettres de Kafka à Felice*, tr. par Lily Jumel, Gallimard, 1972, pp. 37-38) と引用しているので、それに合わせて訳した。

*7 「愛の国の地図」(carre du Tendre) は恋愛の過程を寓意的に示した恋愛地図であり、スキュデリ嬢の小説 *Clélie* に挿入されて以来、人気を博した。旧訳書の訳注と、小学館『ロベール仏和大辞典』の項目を参照。

*8 「ジャッカルとアラビア人」(川村二郎訳、『決定版カフカ全集1』)、一〇七頁。

*9 一九一四年八月一五日の日記に記された短編。『日記』、三〇三—三一二頁。

*10 「八つ折り判ノート・八冊 (短篇小説、断章、スケッチ等)」の「第一のノート」に所収 (飛鷹節訳、『決定版カフカ全集3』、四三頁)。マックス・ブロートの注によれば、「バケツ騎士」のエピローグであるが、印刷はされなかった (同前、三二六頁)。

*11 「父の気がかり」(川村二郎訳、『決定版カフカ全集1』)、一一三頁。

第5章

*1 「流刑地にて」(円子修平訳、『決定版カフカ全集1』)、一四二頁。

*2 著者たちはこれを「万里の長城」としているが、これは「掟の問題」(前田敬作訳、『決定版カフカ全集2』)である。本書の第8章一五五頁の「「万里の長城」の文章、「皇帝の綸旨」」という記述からの推測だが、著者たちが参照したと思われる仏訳版(*La Muraille de Chine et autres récits*, tr. par J. Carrive et A. Vialatte, Gallimard, 1950, pp. 93-127)では、La Muraille de Chine の題のもとに、「古文書の一葉」、「皇帝の綸旨」、「掟の問題」などが見出しを伴った文章として繋げられ、ひとつの短編となっているため、これらの短編もすべて「万里の長城」と見なしたと思われる。本訳書では読者の便宜のため、適宜に修正する。なお、『決定版カフカ全集2』では「シナの長城」となっているが、変更した。続く引用は「掟の問題」、七四頁。

*3 Ein Taum.「夢」(川村二郎訳、『決定版カフカ全集1』)。この巻の円子修平による訳者解題によれば、初出は一九一六年の文集『ユダヤ人のプラハ』(《自衛》編集部発行)、後に『田舎医者。短篇集』に収録された(同前、二一八—二一九頁)。

*4 マックス・ブロートによる『審判』の「最初の版あとがき」。中野孝次訳、『決定版カフカ全集5』、二一三頁。

*5 『審判』、一八九頁。

*6 「ジャッカルとアラビア人」、一〇九頁。

*7 「ある犬の研究」、一九六頁。

*8 「掟の問題」、七五頁。

*9 「ある犬の研究」、一九四頁。

*10 同頁。

*11 「父の気がかり」、一一三—一一四頁。

*12 「正義」は justice の訳語であるが、この語は、「司法」、「裁判」の意味もあり、以下でも、文脈によって訳しわけている。

*13 マックス・ブロートによる『審判』の「著者によって削除された箇所」によれば、「ここは「政治的な集会」のかわりに元は「社会主義者の集会」となっていた」。『決定版カフカ全集5　審判』、二一四頁。

*14 「万里の長城」ではなく、「掟の問題」であると旧訳書、独訳版では指摘されているが、著者たちにしたがった。

*15 『城』、一九五頁。

*16『審判』、一三六頁。
*17 同前、一三八頁。

第6章

*1『審判』、四三頁。
*2 同前、一六七頁。
*3 グスタフ・ヤノーホ『カフカとの対話——手記と追想』吉田仙太郎訳、みすず書房、二〇一二年、一九六頁。
*4 同頁。ただし、ここで「煙」(fumée)となっているのは、著者たちによる改変で、ヤノーホの原文は「革命」である。続く引用に際しての原注で著者たちが参照しているGustav Janouch, *Kafka m'a dit*, Calmann-Lévy, p. 108でもそうなっているが、ここは著者たちの引用に従った。
*5『審判』、五六頁。
*6「夢」、一二一頁。

第7章

*1『城』、二四七頁。

*2『審判』、一九〇頁。

*3『城』、一九四頁。

*4『城』、二六六頁。

*5『審判』、一八一頁。

*6 一九二一年秋の妹エリ・ヘルマン宛の手紙に見られる一節。このクロノスはギリシア神話の大地および農耕の神で、ゼウス以外の子供を食べた。「呪われるか、それとも食い尽くされるか、それともその両方だ。この食い尽くしというのは、ギリシア神話における古代の両親の典型のようには肉体的になされるわけではない(息子たちを喰ってしまったクロノス、——あのもっとも真率な父親)、しかしおそらくクロノスは、まさしく子供たちに対する同情から、彼のやり方をほかのどのやり方よりもよしとしたにちがいない」(『手紙』、三七八頁)。第8章の原注5も参照。

＊7『審判』、三六頁。続く引用も同頁。
＊8 同前、五頁。
＊9 同前、七五頁。
＊10『日記』、三〇六頁。

第8章

＊1「万里の長城」ではなく「古文書の一葉」としている旧訳書、独訳版の指摘を参照。この短編は以下のように終わる。「いつまでこの厄介な重荷を背負って行くのか？　王宮は匈奴を誘い寄せながら、彼らを追い払うすべを心得てはいない。門はかたくしめきられている。衛兵は、以前なら歩武堂々とこの門を出入りしていたのに、今では格子窓のうしろでじっとしている。だがわたしらには、そんな仕事は手に余る。そんな力があると大きな顔をして見せたことが、一度でもあるだろうか。誤解なのだ。誤解があるばかりに、わたしらは破滅するのだ」（前田敬作訳、『決定版カフカ全集1』、一〇四頁）。
＊2 旧訳書、独訳版とも、著者たちがこのアフォリズムの標題「隣り村」（Das nächste Dorf＝独、Le plus proche village＝仏、「隣り村」『決定版カフカ全集1』収録）を「隣接する村（le vilage contigu）」と読み替えていると指摘している。
＊3『城』、一六〇頁。

第9章

＊1『審判』、四七頁。
＊2『城』の「発端部の異稿」。『決定版カフカ全集6』、三四六頁。
＊3『アメリカ』、二一頁。
＊4「シナの長城」、前田敬作訳、『決定版カフカ全集2』、六六頁。
＊5 独訳版では以下のマックス・ブロート宛の手紙からの引用と指摘している。一九二三年一〇月二五日、ベルリン＝シュテーグリッツ、到着印。『手紙』、四九四頁。
＊6 言語学者エミール・バンヴェニストが提案した概念で「指示子」（embrayeur）に属する語。英語ではシフター（shifter）と呼ばれる。

訳者あとがき

1 読みの転換

あの不条理で憂鬱なカフカ、理由も、意味も、本質もないかに見える錯綜した作品世界というイメージは、長いあいだ支配的で、いまにいたるまでそれは広く流布しているかもしれない。「不条理」という言葉に特別な意味をこめて新しい文学を構想したアルベール・カミュや、「非人称」や「中性」や「死」という語彙のまわりに現代文学の荒野に似た地平を描き出したモーリス・ブランショたちにとって、カフカは特権的、先駆的な作家だった。私なども一九七五年に出版されたこの本に留学中のフランスで出会うまでには、特にこの二人に与えられた鮮烈な印象とともにカフカをイメージし、読み続けていたはずだ。もちろん『変身』のグレゴールは不条理に虫に変身し、家族からも社会からも不条理に見放されて死ぬし、『審判』のKは不条理そのものである訴訟の対象となり、何もわからないまま、まるで夢でも見ているように処刑される。それらの印象は例外的だったが、『城』にいたっては果てしない堂々巡りの展開に踏み込むことができず、それ以上には読み進められないままだった。『ミレナへの手紙』の特別な悲劇的印象も、私のカフカのイメージを決定していた。

大学時代からこの時代まで、私の関心のひとつは、アルチュール・ランボーの詩を読み解きながら、当時の文学研究の傾向や批評の方法を幅広く検討して、自分にとって何が切実で本質的か確かめることであった。当然ながら、文学の言葉とはどんな対象であるかを考えずには、そういう研究や批評を検討することもできない。自分の力にあまる大きな課題が待っていると感じながら、方向を定められないでいた。ブランショや、ロラン・バルト（日本では吉本隆明）の書物に特別な共感をもつ一方で、もう少しアカデミックな研究者たちの「新批評」nouvelle critique や、構造主義的、記号学的な分析やロシア・フォルマリスムの観点にも親しんでいったが、決定的と思えるものには出会っていなかった。ランボーについてフランスで修士論文を書こうとして、指導を希望したのはその「新批評」の担い手のひとりでもあったジャン＝ピエール・リシャールで、彼は水、石、空気、大地のような物質のイメージをモチーフとして、いわばテクストの意味の背後からテクストを読み込むという「テーマ研究」の手法を、繊細な文体とともに確立した人物であり、いくつかの書物には心惹かれるものがあった。一方ではマルクスやルカーチ、マルクス主義的視野からの読解をおこなうルシアン・ゴールドマン、そしてもちろんサルトル（『方法の問題』）のように歴史・社会的枠組みを強固にもつ論者たちにも関心をもったが、それほど深入りできなかった。

記号学やフォルマリスムからやってきた、〈意味〉ではなく〈形式〉に注目するという問題の転換は、とにかく先鋭な必然性をもつものに思えて、それが私の関心の一焦点になった。しかし形式の創造は、確かに最大の芸術的課題であるにしても、歴史・社会から孤立した芸術家の行為はありえないし、形式の独創性を競うことが現代芸術の最終目的であるはずはない。そもそも単に形式を尊重するだけなら、それはむしろ〈先鋭〉であるどころか、古典主義的反動に陥ってしまいかねないのだ。新しい形式の出現は、当然ながら新しい世界からおしよせてくる力や、暴力や、イメージや意味に触発されている。ひとりの詩人がどんなに孤独にみえても、その孤独には社会的・集団的な意味がある。だから「形式」の研究は、社会的な文脈と決して切り離せないが、それは必ずしも「形式」が「社会」を表現し表象することを意味しない。

このことをはっきり理論的に考察するには時間がかかったが、私にとってはランボー自身がすでにそのような表現者だった。パリ・コミューンの闘士になるには若すぎたあのランボーの表現が、第二帝政期からコミューンとその敗北にいたるフランスの歴史ばかりか、はるかにその時代を逸脱する歴史の転換を、かなり独創的な視点から照らし出していたことは確かだ。ランボーの詩的革命とパリ・コミューンを結びつけた読解にも多くの例がある。しかしランボーの詩的形式の破壊と創出は、決して歴史の〈表象〉とともにあったものではない。作品には、少なからず歴史的表象が含まれているとしても、歴史と形式のあいだには、すぐには読み解けない屈折があり、連続・不連続がある。(『地獄の季節』には明らかに、歴史の言説や表象に対する鋭い批判が含まれているし、『イルミナシオン』の作品群には、同時代の資本主義の急速な変化を敏感に反映した「逆ユートピア」のようなイメージが数々含まれている。）そもそも「形式」といっても、韻文詩、自由詩、散文詩のようなジャンルの形式以外に、記号学や物語論が提案してきたような〈比喩〉の様々な形式、〈語り〉や〈人称〉の形式、そして例の「テーマ研究」が抽出したようなイメージや主題にも、やはり固有の形式性への問いがあったと言える。

ドゥルーズ＝ガタリは『カフカ』の冒頭で、「表現」と「内容」という分類をいきなり提出して、すでに記号学的地平から大きく逸脱している。これは強く印象に残った。「表現」と「内容」はイェルムスレウの言語学から借用した概念であり、『千のプラトー』の第三章「道徳の地質学」では、この大著の原理的概念として「表現」と「内容」の「二重分節」が定義されている。D＝Gは、すでにこのような展望をもって、カフカ論でも「表現」と「内容」をとりあげていたにちがいない。そして文学研究のアカデミズムをはるかに超えるラジカルな意味をもっていた構造主義、そして形式主義の革命をもちろん強く意識しながらも、彼らは構造主義・形式主義が振り捨ててきた歴史社会の力学（内容）と、形式の創造（表現）という二つのモチーフを、緊密に結合しようとしたのである。『アンチ・オイディプス』の中心概念であった「欲望機械」は、しばしば単に「機械」として、やはり『カフカ』の根本的モチーフになっている。機械とは、もはや構造でも形式でもなく、作用するもの、連動するもの、生産し、形成し、変形し、解体するものであり、それらすべての「過程」である。文学の読解に導入された「機械」という言葉を、さっそく警戒し嫌悪した人びともあった。しかし構造でも形式でもなく、機械として作品を考察するという問題提起は、長く大きい射程をもっていた。

一九世紀以来（たとえばフランスの象徴主義を嚆矢として）、表現のラジカルな意識は、芸術や文学にしばしば形式革命として現れ、何度かにわたる新しい波として繰り返された。詩学や文学研究の側でも（広い意味での）フォルマリスムとしてそれに呼応する理論が形成された。そして形式でなく（歴史的社会的）内容の理論は、しばしばマルクス主義によって担われてきたのだ。皮肉にも社会主義圏で、フォルマリスムはしばしば先駆的に提案されながら、排除され弾劾されてきた。カフカ研究さえもそのような「魔女狩り」の対象となったことにはD＝Gも触れている。そして形式主義も、マルクス主義も、それぞれに排除してきたものが確かにあった。

このように少々性急な図式化からは、たくさんの錯綜が零れ落ちてしまうが、マルクス主義とは別の仕方で、歴史・社会について語る必要があり、形式主義のラディカリスムや還元主義とは別の仕方で、形式に作用し、形式を機能させる「機械」について語る必要があった。『アンチ・オイディプス』から『千のプラトー』にいたるまったく実験的な探求は、そういう状況と問いに対するひとつの歴史的返答でもあった。そしてこの二つの大著のあいだに書かれた『カフカ』は、『アンチ・オイディプス』における彼らの最初の提案自体を実験し、応用し、次の展開を準備するための本でもあった。もちろん、そのような脈絡をまったく無視して、ひとつの目覚ましいカフカ論の試みとして読みうる書物でもあるが、すでに文学を論じる書物としても、様々な潮流が渦巻くなかで、きわめて敏感に構想された本であった。

2　アンチ・オイディプスとしてのカフカ

『アンチ・オイディプス』にとってカフカがどんな作家であったか、振り返ってみよう。まず「独身機械」としてのカフカ。『流刑地にて』の機械が参照されている。「まず第一に独身機械は、拷問、暗い影、古い〈掟〉を具えていることによって、古いパラノイア機械を示している。ところが独身機械そのものは、パラノイア機械ではない。歯車、移動台、カッター、針、磁石、スポークといったあらゆるものが、独身機械をパラノイアから区別するのだ。拷問や死をもたらすときですら、独身機械は何か新しいもの、太陽の力を表わしている」(『アンチ・オイディプス』上、河出文庫、四三頁)。独身機械は、もちろん反家族(反オイディプス)の機械であり、関係を切断する機械であるが、機械である以上やはり様々な連結からなる。この奇妙な機械は、いったい何を生産するのか。というのも機械の問題は、いつも「何を生産するのか」であって、「何を意味するのか」ではないからである。独身機械が生産するのは「純粋状態における強度量の分裂症的経験」であると彼らは書いている。ドゥルーズとガタリは、しばしばすべては「強度」であり、「強度」の体験である、と言いたいかに見える。同じくすべては「機械」であり、「機械」の体験であるかのように。「機械」も「強度」も、もちろん問題提起のための概念であって、問題に決定的な解答を与え、問題を還元しようとする概念ではありえない。

第二の言及は「専制君主国家」の見事なモデル化ともいえる短編「万里の長城」に関するものである。「私たちの村々においては、ずっと前に死んだ皇帝たちがいまだ玉座に登り、もはや伝説のなかにしか生きていない皇帝が勅令を発布したばかりで、僧侶は祭壇に額ずいてこの勅令を読み上げる」。このような国家は「相対的に孤立し別々に作動するもろもろの下位集合を統合する超越的な上位の統一体であり、これらの下部集合に煉瓦状の展開と、断片による構築作業を割り当てるのである」(同、上、三七五頁)。『カフカ』のなかでは、まず中心の塔と周縁の断片的な城壁からなる、この「無限」(infini)の「制限された」(limité)権力の建築が図式化され、これに現代の官僚制の、「切片」と「隣接」からなる「有限」(fini)にして「無制限」(illimité)の建築が対照される。しかし二つはしばしば同じ建築の二面として機能することになる(「指導者の執務室は塔の上にあると同様、廊下の突き当たりに位置することもありうるからだ」(『千のプラトー』中、河出文庫、一〇〇頁)。もちろんこれはカフカの作品の「城」や「裁判所」の建築にも対応しているが、カフカのエクリチュール自体の形式的な探求とも呼応している。カフカは確かにあの正体の知れない裁判所や城について書くだけでなく、そのような建築として作品を書こうとしたのである。

そして(「ある犬の探求」の)犬たちは、「専制君主的シニフィアン」への回帰を要求する、とD＝Gは書いた(『アンチ・オイディプス』上、四〇二頁)。「カフカの観察によれば、この犬たちが好むのは、死の本能が純粋に徹底枚挙される中で、欲望が法に結びつくこと」であるからだ。帝国、そして現代的官僚制によって実現されるのは、それぞれの支配の建築であるだけではなく、欲望の建築でもある。カフカ自身は、この建築に脅かされながらも魅了され、魅了されながらもその外に出ようとする。動物の「巣穴」の建築に始まって、第8章で「二つの建築状態」について触れた『カフカ』の分析の焦点のひとつは、確かにそのような意味での「建築」であった。そういう建築の問題は、たとえばランボーの『イルミナシオン』に何度も現れた未知の都市や建築のイメージとも無関係ではない。D＝Gはロシア革命後の建築家たちの様々な構想にも触れている。

第三の言及は、まさに『アンチ・オイディプス』が繰り広げた批判そのものにかかわる。「オイディプス的なもの」、「幼年期のみじめな記憶」、「古い写真や記憶のスクリーン」、オイディプス的な愛の体制を切開しなければならない。官僚、テクノラート、ファシストの新しい悪魔的機械が戸をたたいている。それらはオイディプスの体制を脅かすように見えるが、そもそもこの体制と合体するものであり、共犯的でもある。こうしたもろもろの機械と建築は、オーストリア帝国のユダヤ人の状況から、ロシア、アメリカ、中国など諸大陸の地図にまで重ねられる（『アンチ・オイディプス』下、三二六頁）。

「父への手紙」のようなテクストを書いたカフカは、まさに絵に描いたようなオイディプスでもある。父の写真は世界地図にまで拡大される。けれどもそれは出口をみつけるためである。ある意味で『アンチ・オイディプス』は、世界のいたるところにオイディプスを見るという精神分析の方向を極限までおし進めたと言える。オイディプスと父の外に、もはや世界はないかのように。それならオイディプスと父を「世界」を蔽うものとして、同時に世界そのものとして、世界の側から分析しなければならない。

ここではまだマイナー、マイノリティの問題は、あからさまに提出されていなかった。『アンチ・オイディプス』にとってマイノリティとは、誰よりもまず「分裂症者」に集中していて、この本にとってはカフカもまた、その「分裂症者」というマイノリティの特徴を先鋭に暗示する作家であった。そして『アンチ・オイディプス』はまだあまりにオイディプスにとらわれていて、欲望はリビドー的で、機械はあまりに欲望機械であり、機械自体の論理を見出してはいない。おそらく『カフカ』を書くことで、欲望機械論は確かに新しい次元に移ったのだ。最終章「アレンジメントとは何か」が明示しているように、欲望機械の思考はまさに「アレンジメント」に焦点を移すことによって、『千のプラトー』の諸概念を準備することになった。

3　リゾーム、強度、マイノリティ

笑うカフカ、カフカの自作朗読を聞いて笑うプラハの聴衆……。まったく異なるカフカ像が出現した。ただ不条理を内向させるのではなく、あくまで闘うカフカ、書きながら、奇妙な戦いを続けたカフカ、ある戦いの記録、悲劇ではなく喜劇、否定ではなく肯定、超越ではなく内在……。ここからたくさんの紋切型も増殖していくことだろう。この断絶からカフカを読み始め、読み改めるものもあれば、早々とカフカを忘れてしまうものもあるだろう。文学的、内面的、実存的ではなく、政治的、社会的なカフカなんて……。しかしこのカフカ論は、カフカの「機械」を分析しながら、まさに「政治」の定義を再考することを求めていたのだ。

第一章「内容と表現」にいきなり提出された要素は、無数の入口、出口、通路からなるリゾーム（根茎）、巣穴、そして「頭をうなだれた門番の肖像」と、「もたげた頭」とともに響く「音楽」である。カフカの描いたリゾームのいたるところに、うなだれた頭－もたげた頭という内容の対があり、そして肖像（または写真）と音・音楽という表現の対があり、これらがリゾームのネットワークをたえず開閉するのだ。出口は入口でもあり、開放は新たな閉鎖でもある。果てしない両義性の建築が、はじめから描き出されている。うなだれた姿勢の肖像や写真は凝固や停滞を示すようだが、もたげた頭とともにある音・音楽は開放や動態を示し、「脱領土化」する形態を示すという。カフカの作品に含まれる音・歌声（鼠鳴き）・音楽は、しばしばめざましい「逃走線」を描く。つまりここで形式は、いつも形式をゆさぶり、破り、形式の外に移動する「線」とともにある。そのような「線」に巻きまこれるイメージや意味はただ、ある振動の度合（強度）として現れるほかない。カント『純粋理性批判』において、「知覚の先取的認識」の原理は、「およそ現象においては感覚の対象をなす実在的なものは内包量すなわち度をなす」こととされている。「強度」は、「内包量」とも訳すことができるが、ドゥルーズ＝ガタリは、この「強度」の概念を、カントよりもはるかに拡張し普遍化し、問題化したのである。

たとえば言語そのものを、さまざまな強度のベクトルの集合（テンソル）と考える。音韻も意味も、決定的に形式化され固定されることのないたえざる変化、振動、偏差としてとらえる。シニフィアン－シニフィエ、コード、文法の体系として言語を定義することはできない。マイナー言語学とは、不規則、変化、例外性を原理とする言語の認識である。大国の言語に対して少数民族の言語を尊重することよりも、むしろあらゆる言語の現実が、規則や体系や文法や、美しい連続性やアイデンティティ（伝統）の外にあることに注意をむけようとする。だからこそプラハで話されるチェコ語や、中東欧のユダヤ人が使用したイディッシュ語に取り囲まれながらドイツ語で書き、ドイツ語を変形する〈マイナーな使用法〉をつくりだしたカフカに注目するのだ。

ひとつの言語に〈アイデンティティ〉や〈規範〉を見出すことは、その言語がどんなにマイナーな集団のものであろうと、メジャーな使用法に傾く。反対にその言語がどんなにメジャーな集団に属していようと、それを浮動し、変化し、規則を逸脱するものとみなし、実際に変形を加えるならば、それはマイナーな使用法ということになる。「マイナー文学」は、言語のこのようなマイナーな使用法とともにある。D＝Gは、マイナーの意味をそのように大きく転換してしまった。その意味はもはや一定のマイノリティに帰属せず、その外に出て、普遍化されている。普遍化とは一般化ではなく、むしろ特異化である。カフカのマイノリティとは、動物であり虫、断食芸人であり、城の周囲をさまよう異邦の技師、理由もなく逮捕される銀行家などである。

カフカの作品が確かに強いモチーフとして内在させていたマイノリティの問題を、同時に特異性として、普遍性としてとりだしたのは、「マイナー文学のために」という副題をもつこのカフカ論の目覚ましい提案のひとつだったといえる。もちろんそれこそは、D＝Gが何度も強調しているカフカの〈政治〉と重なり合う提案である。いったいカフカの文学のどこが政治的なのか。もちろんカフカはロシア革命のニュースに興味をもたなかったはずがないし、プラハの社会主義者や無政府主義者と接触してもいた。そして現代の官僚制のグロテスクさ、法的体制の不条理さを、いちはやく敏感に指摘する作品を書いたともいえる。しかし少なくとも作品のなかでカフカが行なう批判は、決して告発や弾劾という形をとらない。Kをはじめ、どんな主人公も、あらかじめ断罪されているかのようだ。

私たちは、正しくもカフカにはまったく批判というものがない、ということを指摘しよう。「掟の問題」のなかでさえ、少数派は、法がただ「貴族」の恣意的な裁量によるものにすぎないとみなすだけで、少しも憎悪を表明せず、「どんな法も信用しないこの党派が、かなり脆弱で無力であり続けたとしたら、それは彼らが貴族を受け入れ、その存在権利を認めているからだ」。『審判』において、Kは法に反抗するのではなく、意図的に権力者や処刑人の側につく。彼は鞭で打たれているフランツを小突き、被告の腕を抱えて怖がらせ、弁護士のところではブロックを小馬鹿にする。『城』のなかでもKは、機会さえあれば好んで脅したり罰したりする。そういうわけで、カフカは「時代の批判者」などではなく、「批判を自分自身に向け」、「内密の法廷」以外の法廷をもちはしないと結論していいだろうか。それは見当はずれというものだ。なぜなら批判はこのとき表象の次元でしか考えられていないからである。それが外面的なものでないなら、当然それは内面的でしかありえないというわけだ。しかし問題は別のところにある。カフカは社会的表象から言表行為のアレンジメントを、そして機械状アレンジメントを抽出し、しかもこれらのアレンジメントを分解しようとする（本書、九三頁、強調原文）。

慎重に読まなければならないところのひとつだ。ドゥルーズ＝ガタリの著作の大きな主題（のひとつ）は確かに政治である。ドゥルーズは、スピノザ、ニーチェから権力批判の哲学を再構成したし、ガタリについては言うまでもなく根っからの活動家であり、政治活動を（ひとつの）歓びとした人であることはまちがいない。もちろん「政治的」批判もやめたことはないはずだ。そして耐えがたい政治は、彼らの時代も、今も続いている。あえて「批判」を「批判」する彼らの言葉は、もちろん切実な、そしてカフカの政治に的を絞った問題提起なのだ。カフカの政治は、彼の文学において、どこにむかって、いかに集中することになったか、という問いである。そしてその答えは、〈ひとつの文学機械をつくる〉ということに尽きる。

もろもろの切片の加速された連鎖を断つために、公式の革命に期待することなどできないのだから、文学機械に期待することになる。この機械は切片の加速を先取りし、もろもろの「悪魔的勢力」が形成される前に、これらを追い越すのである。アメリカニズム、ファシズム、官僚制など。つまりカフカが言ったように、鏡ではなく、進んだ時計であること。抑圧者と被抑圧者のあいだに、まして欲望の種類のあいだに、確かな区別を設けることは不可能なのだから、それらすべてを、大いに可能な未来のほうに牽引しなければならない。このように牽引することが同時に、逃走や防御の線を生み出すことを希望しながら。たとえそれはつつましい、不安な、そしてとりわけ有意的でない線であるとしても。それは動物が、自分にふりかかる運動に与し、それをもっと遠くに推進し、敵のほうに戻り、逆襲し、出口を見出すようなものだ（本書、一一九—一二〇頁、強調原文）。

政治の「表象」を追いかけ、「批判」するよりも、機械を構成し、アレンジメントを抽出し、機械によってさらに異なるアレンジメントを構成すること、「悪魔的勢力」に加勢し与するようにしてもっと遠くに行き、「逆襲」すること。うまくいく保証などない。やがてカフカは世界中で読まれるようになるが、カフカの人生そのものは、完成しない作品ばかり書くために費やされたのだ。

4　アレンジメントのほうへ

最後の第9章「アレンジメントとは何か」はこの本の結論であり、カフカ文学の総括的な見取り図を与えると同時に、『千のプラトー』の構築を予告して、かなり壮大な理論的眺望をあたえている。ドゥルーズ＝ガタリの発想そのものが圧縮された章であり、そのためにも繰り返し読みたいところだ。まず二つのアレンジメントが、ひとつのアレンジメントの二つの面として定義されている。すなわち「言表行為の集団的アレンジメント」と「欲望の機械状アレンジメント」。(訳注でもふれたが、アレンジメントは agencement(アジャンスマン)の訳語であり、宇波彰・岩田行一訳では「鎖列」となっていた。「組みこみ」、「配備」、「配置」、「編成」などの訳語もありうるが、それ自体はまったく凡庸な意味をもつこの語にD=Gが注入しようとした意味は広大で、しかもかなり特異である(『千のプラトー』の邦訳でも、あえてこの凡庸なカタカナ語を採用した)。

アメリカに着く船の蒸気機関、流刑地の判決・処刑の機械、オドラデク……。カフカの「機械」への関心は明らかだが、『審判』のなかの不可解な法廷という「機械」のほうがはるかに本質的な意味の「機械」なのだ。そして判事や弁護士だけでなく、女性や画家や子供たちを歯車として連動する「機械」はすでに「アレンジメント」と呼んだほうがいい。アレンジメントはつねに言表行為のアレンジメントであり、欲望のアレンジメントであるという二面をもっている。作家カフカはその「蝶番」のような場所にいる、と言われている。

新しい言表と言表行為は、新しいアレンジメントはいつ出現するのか。言表そのものがアレンジメントから出現するとすれば、作家の探求とは、いつでもアレンジメントを検出すること以外のことではない。そしてアレンジメントを的確に検出するとは、すでにアレンジメントを解体して見せることでもある。マイノリティがアレンジメントの綻びや歪みや亀裂のような動きを体現するならば、マイナー文学の作家たちはアレンジメントを検出し解体することにおいて特別な位置にあると言える。

アレンジメントは、決して統合作用ではなく、中心の司令塔（「万里の長城」）のようなものによって作動するわけではない。むしろ「切片」segment と「系列」série によって、「切片」の「隣接」contiguïté によって、果てしない建築として機能する。だから『審判』の法廷は、法と官僚制の不条理さよりも、はるかに、この果てしなく切片を隣接させる建築のアレンジメントとして描かれたのである。「切片は同時に権力であり、かつ領土である」（本書、一七五頁）。アレンジメントは、「規律社会」や「管理社会」などとして、かつての中心化された帝国的（超越的）な体制にとってかわり、次々かたちを変え、再調整され、洗練されてもきたのである。しかしアレンジメントのうえにとどまったままではいられない。アレンジメントはさらに開放されなければならない。最後のページに記された「内在的抽象機械」という言葉に注目しよう。『審判』というアレンジメント、『城』というアレンジメントの、無制限の内在野にみずからを開放する能力とは何なのか。この内在野はあらゆる切片的オフィスを混乱させ、結末としてではなく、すでにそれぞれの限界やそれぞれの瞬間にそこに存在しているのだ。もっぱらこのような条件においてアレンジメントがめざすのは、もはやアレンジメントにおいてだけ実現される（第一の超越的意味における）抽象機械ではなく、（第二の内在的意味における）抽象機械なのだ」（本書、一七九頁）。これはまた、カフカも、それを読むものも、アレンジメントを脱領土化する「尖端」を見出すという課題に、ずっと直面しているという示唆である。

5　ガタリのプロジェクト

フェリックス・ガタリは、ドゥルーズとの驚くべき共同作業が一段落したあとも、カフカについて考え続けたようだ。彼は未完の草稿をたくさん残して死んだ。そのなかには「カフカ映画のためのプロジェクト」のノートが含まれていて、これとともにカフカを主題とする小さな本が編まれている（『カフカの夢分析』ステファーヌ・ナドー編註、杉村昌昭訳、水声社）。その「プロジェクト」でガタリがまず強調しているのは、カフカの〈作品〉の大部分は、マックス・ブロートによって構成されたもので、カフカ自身の〈計画〉を裏切るものだったという点だ。もちろんこれはカフカを研究するものが最初に遭遇する問題である。ブロートの〈裏切り〉はそもそもカフカの書いたあらゆるものを保存し、最初に読みうる形に編集して世に紹介したという意味で、はるかに〈裏切り〉以上の功績であるにしても、数々の未完成の断片と、それに対する補足的メモというカフカの残したコーパスからは、別の無数の、形をもたない、果てしない「プロジェクト」が浮かび上がってくる。『審判』の最後がKの処刑の場面で終わることだって、あまりにもつじつまをあわせた物語的完結で、D＝Gも、この「編集」を斥けている。

ガタリの「プロジェクト」は、この〈作品以前〉のカフカ自身の発想を、ある「映画」制作にむかう集団的な試行錯誤として増殖させようとするものだったらしい。実は映画館に足繁く通っていたカフカ自身の映画的発想がヒントになっている。「われわれがカフカ主義の奥深いインスピレーションと思われるものを尊重しようとするなら、彼の作品の分子的諸要素を把握し、それを可能なかぎりあらゆる表現素材のなかで取りあげなければならない。映画においてカフカの関心を引いたもの、そしてわれわれが関心を持つべきもの、それは登場人物の性格や物語の筋立てではなくて、身ぶり、反射、視線といったものから成る或る強度のシステムである。たとえば、窓の向こう側の顔、態度、表情の動き、時間と空間の座標のなかにおけるそれらの重力の変化、あらゆる知覚的記号系の膨張や収縮のようなもの……」「したがって、われわれのプロジェクトの大いなる野望は、カフカの作品から映画をつくることではなくて、映画という座標系のなかでカフカ機械を作動させること、彼の作品の内部で働かせることなのだ」(『カフカの夢分析』、九七―九八頁)。もちろんそれは必ずしも〈映画〉でなくてもよかったのだ。すでにD＝Gの『カフカ』は、哲学的〈批評〉としてそのようなプロジェクトを実現していたといえる。そして、そこから無数のプロジェクトを発想することができる。『カフカ』によって鮮明に浮かび上がった「マイナーになること」、「強度」、「アレンジメント」といった「概念」はそういうプロジェクトをうながしていたし、豊島重之のモレキュラー・シアターによる『フェリーチェへの手紙』の上演や、カフカをめぐる高橋悠治の音楽とテクスト(『カフカ　夜の時間』、『カフカ・ノート』)の試みにしても、いち早く日本でそういう「プロジェクト」を試行していたのだ。「映画の冒頭のイメージは、このような分解された顔から始まることにする。そうすると、風、音楽、言葉、騒音といったものの連鎖に関して当初提案したことが、異なった順序で現れることになる。すなわち、壁の姿は、顔の騒々しいイメージがいっさい消滅したあとで、まったき静寂のなかに現れるのである」（同、一〇九頁）。どうやらガタリは、カフカとともに、さらに遠く行く新たな試みをしようとしていた。もちろんD＝Gの『カフカ』に、そのプロジェクトはすでに詳細に表現されていたと言えるし、この本自体が様々なプロジェクトをうながしている。

6　ベンヤミンとカネッティ

ヴァルター・ベンヤミンのカフカ論は、あらためてD＝Gのそれと合わせ読むと、いたるところに共振する点がある。「カフカではセイレーンたちは沈黙している。もしかすると、彼にあっては音楽と歌とが逃走の表現、あるいは少なくともその担保でもあるからだ」（「フランツ・カフカ」西村龍一訳、『ベンヤミン・コレクション2』浅井健二郎編訳、ちくま学芸文庫、一二一頁）。そして「プリマ・ドンナ・ヨゼフィーネ、あるいは二十日鼠族」の一節をベンヤミンは引用している。「そのささやかな、理解不可能な、にもかかわらずそこにあり続けて押し殺すことのできない快活さを感じさせるものが」（一二二頁）。「カフカには比喩を作り出すたぐいまれな力があった。にもかかわらず彼の力は、解釈できるもののなかで決して尽きてしまわず、むしろそのテクストの解釈に抵抗する、考えられるあらゆる予防措置を張り巡らせている」（一三三頁）。要するに音という「逃走線」、「押し殺すことのできない快活さ」、あるいは「解釈に抵抗する」カフカに対して、「解釈」ではない読みを試みること。D＝Gのカフカ論に、ベンヤミンの名はなく、読んだ形跡もないが、私にとって、ベンヤミンの短いカフカ論は、エリアス・カネッティの『もう一つの審判』（小松太郎／竹内豊治訳、法政大学出版局）とともに忘れがたい。

カネッティにとって、フェリーチェとの出会い、文通、婚約と破棄は、単に作品の素材となった〈私事〉ではなかった。家族、友人、一つの小社会をまき込む〈法廷〉で、二人の婚約破棄はおこなわれた。そして第一次世界大戦が、まるで「最後の審判」のように勃発し、カフカの「審判」は、「この世の外なる地獄を彼の内なる地獄と結びつける」ようにして書かれる。フェリーチェとの錯綜した交際と文通は、カフカ個人の性癖、孤独癖、書くことをめぐる葛藤をはるかに超える、一貫した、すさまじい戦いとして読解される。そして『審判』とは、カネッティにとって、その「葛藤」を外部の「地獄」に結びつけ、権力との執拗な戦いを繰り広げた作品なのだ。「なぜなら彼はあらゆる形の権力を怖れるので、あらゆる形の権力を寄せつけないことが彼の生涯の本来の関心事なので、彼はほかの者がそれを自明のこととして甘受しているかもしれないあらゆる場所でそれを感知し、識別し、その名を挙げ、あるいは描き出すのである」（『もう一つの審判』、一三一頁）。あらゆる作家のなかで「権力の最も偉大な専門家」であるカフカの最後の戦術とは、ちっとも目覚ましいものではなく、ただ「獣にまじって地上に横たわること」、「相手よりも小さくなること」、「小さなものへの変身」である、とカネッティは書いた。

一方ベンヤミンの読解にとって最も大きなテーマは、カフカ文学における「身ぶり」であり、当然ながら「身体」なのだ。D＝Gの読解にとっても、「うなだれた頭」と「もたげた頭」という「身ぶり」の対立は、「内容」の、そして「身体」の様々なヴァリエーションを通じて、まさに「非有意的」な作用のセリーを生み出している。動物は声を発するだけでなく、様々な身ぶりからなる生物であり、身ぶりのジェネレーターなのだ。ブルームフェルトのピンポン玉やオドラデク（「父の気がかり」）だって、身ぶりをするモノなのだ。「オドラデクの動きは恐ろしく活発で、手に取ってみるわけには行かない……」（カフカ「父の気がかり」、『決定版カフカ全集1』新潮社、一一四頁）。

「カフカにとってたしかに身ぶりは、見究めがたい最たるものだった。あらゆる身振りがそれ自身ひとつの出来事、いやひとつのドラマだとさえいえるだろう」（『ベンヤミン・コレクション2』、一二八頁）「人間の身振りから彼は伝来の支えをはずし、そうしてこれを終わりのない熟考の対象とするのである」（一二九頁）。「カフカの全作品は身振りの法典である」（一二六頁）……等々。確かにカフカの動物物語は、古典的な動物物語に見られるような擬人的な寓意とは、まったくちがったもので、人間が動物に喩えられているのではなく、動物は、あくまで人間の外部として描かれている。そして「最も忘却されている異郷とは、けれどもわれわれの身体、自分自身の身体なのだから」（一五〇頁）、身ぶりは身体の〈出来事〉として、いつでもこの異郷あるいは外部の兆候をもたらす、というわけなのだ。

ドゥルーズが身体でも、「器官なき身体」でもなく、「身振り」をあからさまに問題化するのは、『シネマ2＊時間イメージ』で現代の映画における身体を考察したときである。彼はブレヒトが演劇において提案した「ゲストゥス」という言葉をとりあげている。「われわれが一般にゲストゥスと呼ぶのは、態度の、また態度のあいだの脈絡あるいは結節であり、またそれら相互の連合作用なのであるが、それはこの連合作用が、前提された物語や、あらかじめ決まっている筋や、行動イメージに依存しないかぎりのことである。反対にゲストゥスは、態度それ自体の展開であって、その点で、しばしば実にさりげない、身体の直接的な演劇化を実現するのである。この演劇化はあらゆる役割とは無関係におこなわれるからである」(二六八頁)。

そのような「身振り」は、身体に時間を注入し、行動、空間さえも解体するとドゥルーズは書いた。「身振り」にはこれほどの根本的な作用が見出されている。「身振り」は、はるかに行動以前の出来事であり、行動と一体になった空間の構造からは脱落している。私たちは、しばしば行動のコンテクストによって身体を忘れ、空間とその指標によって、時間を生きそこなうのではないか。行動からも空間からも離脱するものとして、身体を再発見する必要があるのではないか。そのようにして行動や運動のコンテクストの外で再発見される身体は、「器官なき身体」と言われ、時間のなかの身体と呼ばれる。アルトーではなく、カフカの、もうひとつの「器官なき身体」を、(想像力の死んだ世界で)想像してみなければならない。

身体と政治という両極を包含するいくつかの思想的試みにとって、確かにカフカは稀有な試金石となったが、もちろん逆にこれらの思想的試みは、カフカの作品が内包する無数の襞を改めて読みこむことをうながしている。

*

この訳書の原書は Gilles Deleuze / Félix Guattari, *Kafka : pour une littérature mineure* (Les Éditions de Minuit, 1975) である。その訳『カフカ』ははじめに法政大学出版局から宇波彰／岩田行一、両氏の訳によって一九七八年に刊行され、何度も版を重ね、広く読まれてきた。ドゥルーズとガタリによる二冊の大著の邦訳が出現するまでは、『千のプラトー』の序論としてまず一冊の小著として現れた『リゾーム』（豊崎光一訳、『エピステーメー』増刊号、朝日出版社、一九七七年、一九八七年に同社より単行本化された）とともに、二人の思想にふれるための重要な手がかりになる書物であった。今回、ドゥルーズとガタリの共著も単著も、ほとんどが翻訳されつくした段階で、新訳を担当することになったが、最初の訳者であり先駆者であるお二人の訳文や訳注に啓発された点が多々ある。

新訳の編集を担当された法政大学出版局の前田晃一さんは、ガタリの著書『闘走機械』（杉村昌昭監訳、松籟社）の、「カフカ——「過程」と「手法」」を含む章の訳者でもあり、カフカの作品と研究書などの書誌調査に関して、綿密なサポートをいただくことができた。

『アンチ・オイディプス』と『千のプラトー』のあいだに刊行された『カフカ』は他の二冊とともに確かに三部作を構成するといえる。文学研究から出発してドゥルーズとガタリの思想に出会ったものにとって、このカフカ論は忘れがたい意味をもっている。必要な時期に、必要な本に出会って、貪るようにページをめくった。何度も読むうちに、すっかりこの本の内容に慣れ親しんだつもりでいたが、新訳することになり、その言葉の一部始終に再会しながら、もう一度このカフカ論のめざましい発見と、すさまじい思考の生気にふれることになった。もちろん何よりも、カフカ自身の書いたテクストを〈名作〉の囲いから引きずりだし、生々しく蠕動する現在の〈過程〉そのものとして読み直すことを、いまもこの本はうながしているはずだ。

宇野邦一

二〇一七年八月

《叢書・ウニベルシタス　1068》
カフカ
マイナー文学のために〈新訳〉

2017年10月31日　初版第1刷発行
2019年 2 月27日　　　第2刷発行

ジル・ドゥルーズ／フェリックス・ガタリ
宇野邦一 訳
発行所　一般財団法人　法政大学出版局
〒102-0071 東京都千代田区富士見 2-17-1
電話03(5214)5540 振替00160-6-95814
組版：HUP　印刷：三和印刷　製本：積信堂

ISBN978-4-588-01068-2

著　者

ジル・ドゥルーズ（Gilles Deleuze）
1925年生まれ。哲学者。主な著書に、『経験論と主体性　ヒューム における人間的自然についての試論』『ベルクソニズム』『ニーチェ と哲学』『カントの批判哲学』『プルーストとシーニュ』『マゾッホと サド』『スピノザと表現の問題』『意味の論理学』『差異と反復』『シ ネマ1・2』などがある。1995年死去。

フェリックス・ガタリ（Félix Guattari）
1930年生まれ。哲学者、精神分析家。主な著書に、『精神分析と横 断性　制度分析の試み』『分子革命　欲望社会のミクロ分析』『機械 状無意識　スキゾ分析』『闘走機械』『分裂分析的地図作成法』『三つ のエコロジー』『カオスモーズ』『リトルネロ』『人はなぜ記号に従属 するのか　新たな世界の可能性を求めて』などがある。1992年死去。

ドゥルーズ＝ガタリの共同著作として、本書のほかに『アンチ・オイ ディプス』『リゾーム』『政治と精神分析』『千のプラトー』『哲学と は何か』がある。

訳　者

宇野邦一（うの・くにいち）
1948年生まれ。立教大学名誉教授。主な著書に、『意味の果てへの 旅』『予定不調和』『D　死とイマージュ』『アルトー　思考と身体』 『詩と権力のあいだ』『ドゥルーズ　流動の哲学』『ジャン・ジュネ 身振りと内在平面』『破局と渦の考察』『映像身体論』『ドゥルーズ 群れと結晶』『吉本隆明　煉獄の作法』『土方巽　衰弱体の思想』な どがあり、訳書に、ドゥルーズ＝ガタリ『アンチ・オイディプス』 『千のプラトー』（共訳）、ドゥルーズ『フランシス・ベーコン　感覚の 論理学』『シネマ2』（共訳）『フーコー』『襞　ライプニッツとバロッ ク』『ドゥルーズ書簡とその他のテクスト』（共訳）、ベケット『伴侶』 『見ちがい言いちがい』、ジュネ『判決』『薔薇の奇跡』、アルトー 『神の裁きと訣別するため』（共訳）『タラウマラ』などがある。